缀玉集

程郁缀 著

中国出版集团 东方出版中心

图书在版编目（CIP）数据

缀玉集 / 程郁缀著. —上海：东方出版中心，2022.7（2025.6重印）

ISBN 978-7-5473-1992-5

Ⅰ. ①缀… Ⅱ. ①程… Ⅲ. ①随笔－作品集－中国－当代 Ⅳ. ①I267.1

中国版本图书馆CIP数据核字（2022）第097290号

缀玉集

著　　者　程郁缀
策　　划　刘佩英
责任编辑　冯　媛
装帧设计　钟　颖

出版发行　东方出版中心有限公司
地　　址　上海市仙霞路345号
邮政编码　200336
电　　话　021-62417400
印 刷 者　山东韵杰文化科技有限公司

开　　本　890mm×1240mm 1/32
印　　张　10.875
字　　数　158千字
版　　次　2022年9月第1版
印　　次　2025年6月第3次印刷
定　　价　68.00元

目录

上集 大珠小珠落玉盘

下集　千朵万朵压枝低

附录

“小集”寄寓大情怀（序）

张秋林

屈指算来，我和程郁缀先生从“识荆”到结缘，已经有十五个年头了。

那是在1998年，看到央视播放一部大型纪录片《中华文明之光》，当时触发了一个意念。随后我找到时任北京大学宣传部部长的赵为民老师，经由他介绍认识了北京大学国学院的袁行霈和程郁缀先生，此后我社便和国学院通力合作，共同把《中华文明之光》纪录片改编成了八卷本《中华文明大视野》。2002年，我们在人民大会堂举行了该书的首发式，2003年这套书荣获国家图书奖。经过这次愉快的合作，程郁缀先生给我留下了深刻的印象，他为人豪爽旷达，是一个真性情的文人。

近年我社筹划编纂出版《小学生国学文库》，想到郁缀先生国学底蕴深厚，我诚邀他帮助审读书稿，他二话不说，慨然应允。审读十八本书稿，他特别认真、仔细，匡正了书稿中不少讹误，并且还为这套书撰写了总序。2013 年年初，我又请他来江西为中文传媒的所有编辑讲授古典诗歌，他讲课时神采飞扬、妙语连珠，全场为之痴迷、倾倒。

近时郁缀先生编了一本自撰的随笔集，我有幸先睹其书稿。早先曾拜读过郁缀先生几篇文章，感其学识淹博，且激情洋溢；披览这部书稿，更为其笔致精到、睿思深湛所叹赏。此书谈古论今，涉笔较广，讴屈原“怀瑾握瑜”之高蹈执着，赞杜甫“大庇天下寒士”之壮阔襟怀，慕苏轼“一蓑烟雨任平生”之淡泊旷达，赏胡适“不疑处有疑”之治学精神……书中有些篇章，还别出机杼，标新立异，比如成语“班门弄斧”，本是一个贬义之词，然而郁缀先生却专门作了一篇《弄斧敢于到“班门”》，文中说：“不敢与一流的高手较量，则永远成不了一流”，“你勇敢地站起来，挺直你的腰杆，……只要通过坚韧不拔的奋斗，自己也有成为‘鲁班式’人物的可能。”如此旧语翻新意，颇能给人以启悟和激励。

郁缀先生这本书名为《缀玉集》，诚然书里的随笔文章，大多不是很长，或可谓之“小文章”，但却是有大情怀在焉，这大情怀就是以传播民族文化、弘扬民族精神为己任。作为大学教授，郁缀先生在讲堂授课，对外国留学生讲学，乃至主编《北京大学学报》，都以此情怀倾注于其职司之中；同时他还不辞辛劳，风尘仆仆，四处演讲，如在青海玉树地震灾区，就曾为中学生讲授“古典诗歌赏析与人文素质提升”……真可以说是抱其情怀而须臾不离。当然，在这本书的字里行间，作者的情怀也是熠然可感。书里有篇文章《乐把金针度与人》，是期于人，更是作者的自我期许，把民族文化的“金针”、知识学问的“金针”、哲理智慧的“金针”，掬奉与人而引以为乐。如作者所言，这是“一种自信，一种境界”，当然也是一种情怀。

遵郁缀先生雅嘱，写下读后初感的这些话，权且作为“序言”吧。

上集

大珠小珠落玉盘

名家与大家

在中国古代诗歌的广袤天宇中，唐诗无疑是一条星光灿烂的银河！那无数大大小小的诗人，就像是无数大大小小的星星；那无数各具特色的诗篇，就像是星星发出的光芒！

在组成这条银河的星群中，盛唐诗人孟浩然称得上是一颗明亮的星星。他有一首题为《望洞庭湖赠张丞相》的诗写道：

八月湖水平，涵虚混太清。
气蒸云梦泽，波撼岳阳城。
欲济无舟楫，端居耻圣明。
坐观垂钓者，徒有羡鱼情。

张丞相即当时身居相位的张九龄（一说指张说）。这首五律结构严谨，四联的起、承、转、合分明；第二联“气蒸云梦泽，波撼岳阳城”，写景气魄宏大，乃描写洞庭湖之无比壮阔与气势非凡的名句。中唐人殷璠评道：“浩然诗文采蕈茸，经纬绵密，半遵雅调，全削凡体。……又‘气蒸云梦泽，波动（撼）岳阳城’，亦为高唱。”（《河岳英灵集》）唐诗中同样是描写洞庭湖壮阔和气势的，形式上也同样是五律，我们一下子就联想起大诗人杜甫的《登岳阳楼》。杜诗这样写道：

昔闻洞庭水，今上岳阳楼。
吴楚东南坼，乾坤日夜浮。
亲朋无一字，老病有孤舟。
戎马关山北，凭轩涕泗流。

这首五律的结构也同样十分工整，四联中的起、承、转、合也同样分明；第二联“吴楚东南坼，乾坤日夜浮”，写景的气魄则更为宏大，也是描写洞庭湖的名句。但是我们再看看这两位诗人由写山水之景进而所抒发的情感，就会发现有云泥之别：孟浩然想到的是自己空有才能但无人赏识和提拔；没有渡河的舟船和桨楫，没有钓得大鱼的渔具（即与自己才能相称的职务），所以只能是“坐观垂钓者，徒有羡鱼情”。而杜甫则由自身的不幸——“亲朋无一字，老病有孤舟”，一下子便想到了国家的不幸、人民的不幸——关山北地的征战未息、戎马倥偬，于是禁不住“凭轩涕泗流”。两个人描写洞庭湖之景的气势虽大体相若，但抒发的情感、表现的思想境界、展示的人格襟怀，却高下迥然。孟浩然才华横溢，诗歌成就杰出，称为“名家”，那是当之无愧；但杜甫才是真正的“大家”。

所谓“名家”，我以为就是在某一个领域里才华出众、卓有成就、出类拔萃、声名显赫的人。如某人的钢琴弹得出神入化，某人的书法写得力透纸背，某人的乒乓球获得乒坛“大满贯”……这些人都是在相关的领域里登峰造极，无与伦比，这些人就可以称之为“名家”（现在更多地称之为“明星”）。而“大家”则不仅仅要有和“名家”一样的大才华、大聪明、大智慧，而且更重要的是还要有“名家”所难有的大胸襟、大气魄、大境界！

所谓大胸襟、大气魄、大境界者，我以为就是在考虑问题时总是为了他人，不为自己（此乃圣人情怀）；或者是多为他人，少为自己。当代学界泰斗季羡林先生说，所谓“好人”，就是“考虑别人比考虑自己稍多一点”；华夏民族的功臣王选院士则退一步说，可以把标准再降低一点，“好人”

就是“考虑别人与考虑自己一样多”，在想到自己的同时也想到别人。这看起来好像是很简单、很浅显的道理，但做起来却是很不容易的！

杜甫的《茅屋为秋风所破歌》，是一首体现诗人利他主义大襟怀的代表作。“八月秋高风怒号，卷我屋上三重茅”，杜甫写自己遭遇的不幸，“床头屋漏无干处，雨脚如麻未断绝。自经丧乱少睡眠，长夜沾湿何由彻”，但由自己的不幸所联想到的却是：“安得广厦千万间，大庇天下寒士俱欢颜，风雨不动安如山。呜呼！何时眼前突兀见此屋，吾庐独破受冻死亦足！”只要普天下寒士都有大房子可住，安稳如山，笑语欢颜，那么唯有我杜甫的茅屋破了，我一个人哪怕冻死了我也心甘情愿、心满意足矣！这是多么伟大而又壮丽的襟怀！

中唐诗人白居易也是一位伟大的诗人，他的夫人给他做了一件新布裘，他穿在身上暖和和的。想到天下人要是都像自己一样暖和和的，那该多好啊！于是他写了一首五古《新制布裘》，一共十六句，其结尾的六句为：

丈夫贵兼济，岂独善一身。
安得万里裘，盖裹周四垠。
稳暖皆如我，天下无寒人。

这种境界也很了不起。但宋人黄彻在《碧溪诗话》中却认为白居易的“推身利以利人”，不及杜甫“宁苦身以利人”！诚哉斯评！杜甫之所以被人们推尊为“诗圣”，我认为最重要的一点也是我们常人所最难企及的一点，就是他这种“宁苦身以利人”的利他主义襟怀。这是一种伟大而壮丽的“圣人”襟怀！

昔唐贤韩愈在《杂说》其四中慨叹曰：“千里马常有，而伯乐不常有！”余亦东施效颦叹曰：古往今来，“名家”常有，而“大家”不常有！当今之世，动辄以“名家”“大家”自称或封人者常有，而真正称得上是“名家”“大家”者却不多有！——读者诸君，不知以为然否？

弄斧敢于到“班门”

中国有句成语叫作“班门弄斧”。班，即鲁班（一作鲁般，《墨子》作鲁盘），相传乃春秋末战国初鲁国的巧匠公输般。因为他木工的技艺十分巧妙高超，所以人们一直以“班门弄斧”来比喻在行家面前卖弄本领，不自量力。多用作贬义，如唐柳宗元《王氏伯仲唱和诗序》：“操斧于班、郢之门，斯强颜耳。”郢，指郢人，楚国郢都的巧匠。强颜，犹厚颜，不知羞耻义。有时用“班门弄斧”亦带有自谦意，如宋欧阳修《与梅圣俞书》曰：“昨在真定，有诗七八首，今录去，班门弄斧，可笑可笑。”

关于“班门弄斧”，古今还有两个小故事。古代的故事是说唐代诗仙李白于唐代宗宝应元年（762）在安徽当涂去世后，安葬在长江边的采石矶畔。这之后历朝历代的文人骚客到李白墓前总要题诗一首，以示悼念。相传明代进士梅之焕来到李白墓前，看到历朝历代的题诗无数，遂有感而发，写了一首打油诗。诗曰：

采石江边一堆土，李白之名高千古。
来来往往一首诗，鲁班门前弄大斧。

在诗仙坟前写诗，也不好好掂量掂量。

今人的故事是著名武侠小说作家金庸先生 1995 年 10 月 25 日来我们北京大学演讲，一开始金庸先生说：我曾经游览浙江绍兴的兰亭，他们让我题字留念，我说这是“书圣”王羲之的故乡，怎敢题字；最终也没写只字片言。后来我又去到四川成都的杜甫草堂，他们让我题诗留念，我说在这诗圣住过八年的草堂里，我怎敢题诗。当时我只想起了三句话，叫作：“班门弄斧，兰亭挥毫，草堂赋诗”；怎么也续不上第四句。今天我来你们北大演讲，忽然想起了第四句，叫作“北大讲学”。——一语甫出，掌声潮起。

以上所谈及的“班门弄斧”，不管是嘲人，还是自谦，其意都在于劝人在高手面前要有自知之明，不可自不量力。这对于那些不知天高地厚、狂妄无知的非智者来说，无疑具有强烈的针砭意义；即便是对于一般的人来讲，其正面的劝诚意义也是相当积极的：这些都是笔者所十分肯定的。但本文的着眼点不在于此，笔者从另一理念出发，提出“弄斧敢于到‘班门’”的观点。

弄斧敢于到“班门”，首先必须要有高远的志向。

一个人不管做什么事情、从事什么样的工作，都应该力求出其类而拔其萃。而出类拔萃的人才只有在高水平、高层次、高难度的激烈竞争中，才能脱颖而出。一个围棋手，如果老是跟四五段的对手下棋，老是以战胜六七段的对手为满足，那么他很难达到最高的九段，很难雄踞棋坛峰巅。“夫志当存高远”（诸葛亮语），要想成为鲁班式巧匠，就一定要到鲁班门上去舞锯弄斧，切磋技艺，这样才能提高自己，最终成就辉煌。

弄斧敢于到“班门”，其次必须要有勇敢的精神。

不敢与一流的高手较量，则永远成不了一流。既不能说什么也不敢到“班门”，也不能还没到“班门”就自己先矮三分。怕被别人耻笑，怕丢了既得的名声，怕有损现有的“羽毛”，怕这怕那，畏首畏尾，这样的人是很难成就杰出的事业的。人是要有一点精神的，自己总是跪在地上，则看谁都很高大。你勇敢地站起来，挺直你的腰杆，昂起你高贵的头，这时候你会觉得自己也矮不到哪里去，只要通过坚韧不拔的努力奋斗，自己也有成为“鲁班式”人物的可能。

弄斧敢于到“班门”，再次必须要有壮阔的襟怀。

一方面不能心胸狭窄，谁比自己有本事就妒忌谁，本事越大，妒忌越强；另一方面要敢于自以为非，承认自己的不足，并决心取人之长，补己之短，集众家之长，成一家之大。只有真正的强者，才从心里希望对手强而有力，诚所谓“沧海横流，方显出英雄本色”！

弄斧敢于到“班门”，最后还必须要有聪明的头脑和善于取舍的智慧。

在敢于同高手切磋技艺的同时，还必须在较量中发现对方的精到的关键之所在，找出自己的弱点，用心体验，真诚汲取。“他山之石，可以攻玉”；他山之玉，更可攻石。根据自己的实际情况，善于取也善于舍，取其有用的精华，舍其不适用的东西，这样就可以事半功倍，突飞猛进，赶上高手，超过高手。

以上是从到“班门”去弄斧者的角度来谈的几点想法，而对于“班门”里的堂主而言，则应该真诚欢迎人们经常到“班门”来弄斧。因为只有经常有人到门前来弄斧，才说明这一行业是社会不可或缺的行业，标志着这一行业具有无限发展的勃勃生机。只有经常有人到门前来弄斧，才能激励自己百尺竿头，更进一步；技艺日精，事业日上。只有经常有人到门前来弄斧，才能将自己好的技艺传给他人，传布社会。但凡一种好的技艺、好的才能、好的本领，只有在社会生活中发挥其积极作用，有益于众生，才真正有价值；否则一文不值！

总之一句话，我们提倡：弄斧敢于到“班门”！

一蓑烟雨任平生

提到苏轼苏东坡（1037—1101），人们总要跟中国的传统文化说到一起。因为在他身上可以说是融会了最具中国特色的元素；就其典型性而言，中国文学史上无人堪与之比肩。林语堂先生曾在为他立传时说："一提起东坡，在中国总会引起人亲切敬佩的微笑。"——足证这位古人的魅力。

像东坡这样的天才人物，是上苍经过漫长的岁月才造就出来的。他在短暂的65年的生涯中，历经宋仁宗、宋神宗、宋英宗、宋哲宗、宋徽宗五朝，足迹遍及大半个中国，最南到了琼州海南岛。他创作出2 700多首诗、350多首词和4 800多篇文章，这个创作的数量是惊人的，创作的质量更是上乘的；即使在他生活的那个文人辈出的时代，也找不出第二个有他这样丰富的创造力和不竭的创作才情的人了。

宋神宗元丰五年（1082），即东坡被贬黄州的第三年，他年方45岁时，填写了如下这首《定风波》词：

莫听穿林打叶声，何妨吟啸且徐行。竹杖芒鞋轻胜马，谁怕？一蓑烟雨任平生。　　料峭春风吹酒醒。微冷，山头斜照却相迎。回首向来萧瑟处，归去，也无风雨也无晴。

词前的小序写道："三月七日，沙湖道中遇雨。雨具先去，同行皆狼狈，余独不觉。已而遂晴，故作此。"小序交代了这首词写作的起因，是因为途中遇雨，雨具被人先带走，同行的人都觉得很狼狈，唯有东坡先生浑然不觉；非但不觉其苦，反而风催才思，雨添浓墨，挥就了这首绝妙好词。

词的上片写道中忽然遇雨，诗人不为之忧。不仅自己处之泰然，还勉励同行者享受雨中漫步之乐。"一蓑烟雨任平生"是点题，说自己这辈子遇到的风风雨雨太多了，不也是这般过来了吗？凡世间突兀之事，换个角度看，也甚庸常无奇。只有心态如此，凡事才能平和宁定。下片写雨过天晴，诗人不为之喜。本来雨收风和，斜照依依，一番绮丽景象足够洗涤方才遇雨的狼狈情绪，然而，正因为东坡雨中不为之大忧，此时心情也一仍宁定，亦不为之过喜。一切皆造化翻覆、自然变幻之境，心与境遇，难免造成情绪的变化。

然若此心宁定，则何为可喜，又何为可忧呢？恰如陶渊明所说："纵浪大化中，不喜亦不惧。"（《神释》）就是这样一种不寻常的心境。正如郑文焯先生对此词的评语所言："此足征是翁坦荡之怀，任天而动。以曲笔直写胸臆，倚声能事尽之矣！"信然！

这纯然是一种中国式的幽默、从容、安详的心态。通常是具有真正智慧的老者，才会呈现出这样一种境界。而东坡那时候也只是40多岁，离老境尚远，更未能逆料到此后生命中遭逢更大的乖舛迁变。这就是他的奇处，也是他能够安然度过其后所有磨难的一个坚实的精神基础。40多岁的他，之前是"命丧如鸡"的"乌台诗案"，之后是"垂老投荒"的惠儋之贬。从这个人生横断面看他，他的处变不惊、意暇神丰，使得他能以一以贯之的心态对待外事外境，使他能够超拔于现实人生之上，超拔于时代之上，最终完成了个人修行的历程，这就是他的过人之处。东坡写作此词的15年后，再次被贬，远及儋州，在天之涯海之角的贬所，他作了《独觉》一诗，又自袭了这首词的句子："回首向来萧瑟处，也无风雨也无晴。"足见这种内心深刻的体验，自我调适和处变不惊的态度，在东坡那里是始终如一的应世之方，使得他从黄州到惠州，再到儋州，从来未曾后悔，也绝无遗憾留下。

怎么看出东坡没有后悔过呢？我们看他在去世前两个月写下的一首自题画像的诗《题金山寺画像》，那是对自己一生的总结，其中有这样两句："问汝平生功业，黄州惠州儋州。"用惯常的眼光看去，"黄州惠州儋州"是东坡一生中最不得意的地方，然而他偏要说，这三个地方是造就他功德和事业的最铭记难忘的地方。这是何等的潇洒，何等的旷达！我们也许说，这潇洒和旷达，蕴含着几多悲苦和无奈；但是我们也同样感到，从悲苦体验中描写悲苦是常有的，从悲苦体验中跳脱得出来开怀放歌，恐怕唯有东坡这样的人物才能做到。他的人生是曲折的、坎坷的，"回首向来萧瑟处"，而他的心境是澄明的、不染纤尘的，"也无风雨也无晴"。

今年是 2022 年，再有 15 年，我们就要纪念东坡 1 000 周年寿诞了。我相信到那个时候，甚至到 2 000 周年寿诞、3 000 周年寿诞……仍然会有很多人想起他、纪念他，怀着一颗虔敬的心，为我们中国曾有过苏东坡这样的人物而感到身为一个中国人的骄傲和自豪！

没有己意不动笔

这篇短文的题目，本来我想写《没有新意不动笔》，斟酌再三，觉得自己的这篇短文就是在重复别人的观点，没有什么新意；所以还是定题《没有己意不动笔》，按照吴小如先生所说的写文章力争有“自己的一得之见”较好些。因为“自己的一得之见”，不一定那么新，也不一定全对，但如果每次动笔，真正能做到有“自己的一得之见”，那也就很不容易了。

吴小如先生在他的《读书丛札》（北京大学出版社 1987 年版）的《后记》中写道：“近年来为自己写文章订了两条守则：一是没有自己的一得之见决不下笔，哪怕这一看法与前人只相去一间，却毕竟是自己的点滴心得；二是抱着实事求是的态度，决不人云亦云，稗贩前人旧说，更不偷懒用第二手材料，这姑且称之为述中有作吧。”吴先生是这样说，也确实是这样做的。如宋代女词人李清照词的代表作《声声慢》，原是一首闺中悲秋之作，写的是主人公从早到晚一天的愁苦心境。其中“满地黄花堆积，憔悴损，如今有谁堪摘”的句意，以前一般都解释为菊花已经憔悴凋零，飘落满地。吴小如先生联系全诗意境仔细分析后认为：“‘满地黄花堆积’是指菊花盛开，而非残英满地。‘憔悴损’是指（女词人）自己因忧伤而憔悴瘦损，也不是指菊花枯萎凋谢。正由于自己无心看花，虽值菊堆满地，却不想去摘它赏它，这才是‘如今有谁堪摘’的确解。”（《古典诗词丛札》，天津古籍出版社 2002 年版）这样释解，无疑更符合词的整体意蕴。如此道人之所未道，令人禁不住击节称赏。

我们北京大学著名学者季羡林先生曾谆谆告诫我等后学：“没有新意，不要写文章。”（《季羡林谈读书治学》，当代中国出版社 2006 年版）季先生说：“单篇论文的核心是讲自己的看法、自己异于前人的新意，要发前人未发之覆。有这样的文章，学术才能一步步、一代代向前发展。”说得多么好啊！我 1998 年初春开始负责北大文科科研管理工作的时候，季先生已 80 多岁了，文科机构经常召开各种学术会议，因此我们也经常请季先生出席讲话。一般只要没有特殊情况，季先生总是满足大家的要求出席讲话；每次讲话都不长，十分钟到一刻钟左右；但每次讲话中都有几句是他自己的想法、见解，自己的观点、看法。有一次我去他家拜望时对他老说："季老，人们说您可以称得上'三必先生'了。"他老人家听了有点摸不着头脑。我解释道："所谓'三必'，即您每会必到，每到必发言，每发言必有新意。"季老笑了笑对我说："前两点勉强称得上，第三点实在不敢当。"

1999 年 12 月期间，当时担任全国政协主席的李瑞环同志在日本进行正式友好访问，来到福冈县宫田町的丰田汽车九州公司参观时，曾经这样说道：环保问题是全人类面临的共同问题，各国首先应努力治理好各自的环境。其次，各国间也需要就此进行合作。特别是中日两国，脚下踩着两块地，头上顶着一片天，海水可以毫无国界地涌流，大气也无需签证地相互流通。因此，中日双方都对各自的环保工作特别关心，希望将这些关心转变为更为密切的合作，切实保护好环境，为两国的子孙后代造福。（《优势互补求发展》，见《人民日报》1999 年 12 月 14 日）在这里，李瑞环同志所说的那句"脚下踩着两块地，头上顶着一片天，海水可以毫无国界地涌流，大气也无需签证地相互流通"的话，不但形象生动，而且个性鲜明，充满诗意。言由己出，文采璨然；不落俗套，难能可贵。

几年前，我自己也曾经历过一件小事。那时刚开始高校后勤社会化，负责我们北大后勤餐饮业的一位领导很能干，他们创建了一个饭店，取名为“师生缘”，让我为他们开业时写一段类似广告词那样的话，好贴在墙上作宣传。我欣然承诺。如何落笔开头才好呢？我在头脑里反复琢磨。忽然想起唐代古文大家韩愈的名篇《师说》的第一段，于是灵机一动，略改几字作为开头。这样写道：“昔唐贤韩愈有名言曰‘古之学者必有师。师者，所以传道受业解惑也。人非生而知之者，孰能无惑’；惑而从于师，则师生之缘从此结矣！”韩愈原来后面一句说的是“惑而不从师，其为惑也，终不解矣”；我则反其意而改为“惑而从于师，则师生之缘从此结矣”，以此点“师生缘”之题，自以为有“凤头”之妙，颇为自得；遂一气呵成，写就了后面介绍和说明性的一段文字。等到“师生缘”开业后，我去一看，正墙的匾牌上只写了我后面的那一段介绍说明性的文字，而将开头那一段我的得意之作给删去了。后来从侧面听说，他们是怕开头那一段话文绉绉的，人们不好懂，才删去的。呜呼！我北大乃人文荟萃之地，莘莘学子、堂堂教师，焉有不懂如此浅近文言之理。可见有时虽出于己意写了一点点东西，但如果不被人识，亦憾然矣。

细心的读者读到这里，眼看文章快结束了，也许会颇为失望地说："果如你开头所言，没有什么自己的新意；你不是说没有己意不动笔吗？为何自己又动笔了呢？"问得好。汉代伟大的史学家、文学家司马迁在《史记·孔子世家》中，写完孔子那高山仰止、景行行止的事迹德行后，感慨地写下了这样一句话："虽不能至，然心向往之！"此实乃吾之心情之谓也。

抑或有某君戏责之曰：写作早已"大换笔"了，还有什么动笔不动笔的？诚然说"动笔"写作的说法，似乎已经渐渐过时了；但"没有己意不动笔"的精神实质，窃以为是不会过时的。信夫？

新诗改罢自长吟

其实，从某种意义讲，好的文章不是写出来的，而是改出来的。只有反复推敲，再三修改，才能精益求精，产生出能令洛阳纸贵的名篇佳作。反复推敲，再三修改，不仅表现出一种严谨著述的态度，也是尊重读者、尊重后人的良好德行。

《宋史》卷319本传记载北宋文坛领袖、诗文大家欧阳修（1007—1072），“四岁而孤，母郑，守节自誓，亲诲之学，家贫，至以荻画地学书。幼敏悟过人，读书辄成诵。及冠，嶷然有声。”史书记载了欧母郑氏教子甚严，尝因家贫无纸笔，便以荻管画地，教其学书，终将欧阳修培养成为一代文宗，居“唐宋八大家”之列。欧母画荻，遂与孟母三迁、岳母刺字共为千古美谈。欧阳修一生勤奋刻苦，虽身为宰相，政务如猬，案牍繁忙，但总是争分夺秒，善于利用零星时间来构思文章。在《归田录》卷二中，记载他尝对朋友谢绛说："余平生所作文章，多在'三上'，乃马上、枕上、厕上也。盖惟此尤可以属思尔。"如此勤奋不懈、惜时如金，令人感佩。欧阳修为文总是不断修改，力求语言简洁，文风明快。朱熹在《朱子语类》中记载："顷有人买得他《醉翁亭记》稿，初说滁州四面有山，凡数十字。末后改定，只曰'环滁皆山也'五字而已。"这是欧阳修作文精益求精、殚精竭虑、反复修改的著名例子。他曾经说："为文有'三多'：看多、证多、商量多也。"所谓"商量多"，所指无非有二：一指与别人商量，即虚心向别人求教；二指与自己商量，即反复心口相商，推敲修改。据说他每写完一篇文章，便把草稿贴在墙上，朝夕揣摩，边读边改，往往十字不存五六，甚至不留一字。直到晚年，欧阳修还经常拿出自己年轻时写的文章来修改。南宋沈作喆《寓简》卷八记载："欧阳公晚年尝自窜定平生所为文，用思甚苦。其夫人止之曰：'何自苦如此，当畏先生嗔耶？'公笑曰：'不畏先生嗔，却怕后生笑。'""却怕后生笑"，当然有对自己名声的自重自珍、爱惜自己的羽毛的考虑，这其实也是君子自爱自尊的好修行；但更重要的还是希望有益后世、不贻害后生的一种负责任的严肃态度。

盛唐诗坛上被尊为“诗圣”的杜甫，作诗总是反复锤炼，呕心沥血，结构缜密，格律严谨。其七律《江上值水如海势聊短述》首联曰：“为人性僻耽佳句，语不惊人死不休。”以“语不惊人死不休”的精神作诗，所以笔下才有“造化钟神秀，阴阳割昏晓”(《望岳》)、“朱门酒肉臭，路有冻死骨”(《自京赴奉先县咏怀五百字》)、“江碧鸟逾白，山青花欲燃”(《绝句两首》)等名句，脍炙人口，历代传诵。

杜甫另有《解闷十二首》，其七曰：“陶冶性灵在（一作“存”）底物，新诗改罢自长吟。孰知二谢将能事，颇学阴何苦用心。”二谢，即谢灵运、谢朓；阴何，即阴铿、何逊，都是六朝文坛高手。孰知，谓深刻了解，清楚知道；能事，指所擅长之事，也指有本领。杜甫对二谢、阴何勤苦用心作诗，表示由衷敬佩，并引为学习的榜样。创作新诗，一丝不苟，反复修改，改了再长吟，长吟再修改，直到妥帖满意为止。

关于杜诗炼字之妙，在欧阳修的《六一诗话》中，还记载这样一件事：“陈舍人从易……偶得杜集旧本，文多脱误，至《送蔡都尉诗》云：‘身轻一鸟□’，其下脱一字。陈公因与数客各用一字补之，或云‘疾’，或云‘落’，或云‘起’，或云‘下’，莫能定。其后得一善本，乃是‘身轻一鸟过’。陈公叹服，以为：‘虽一字，诸君亦不能到也。’”这是一首赞美蔡希曾都尉的武艺高强的五言古风，上句“身轻一鸟过”写蔡都尉善于纵跃的轻身功夫，下句“枪急万人呼”写他善于使枪令万人震惊。“一鸟过”写其跳跃如飞，用“过”字写出跳得又高、又快、又轻，在诗人眼里就像一只鸟飞过那样。“过”虽是一个平常的字，用在这里却生动传神地表现出蔡都尉本领的高超非凡，用常得奇，诚非“诗圣”不能为也。

中唐以苦吟著称的诗人贾岛，写过一首题为《送无可上人》的五律：“圭峰霁色新，送此草堂人。麈尾同离寺，蛩鸣暂别亲。独行潭底影，数息树边身。终有烟霞约，天台作近邻。”在“独行潭底影，数息树边身”后自注一绝《题诗后》曰：“二句三年得，一吟双泪流。知音如不赏，归卧故山秋。”其实，“独行潭底影，数息树边身”二句并不那么精彩，表达的也只是郁结在诗人心中难以排解的苦闷心情，大概是诗人自认为切中了自己孤独寂寞情怀的肯綮，所以格外珍惜。当然，如此苦苦吟诗，或许有一点过度，有失天然真趣；但反复推敲、认真吟诗的态度，还是值得称道的。

清人袁枚《遣兴》诗其五曰：“爱好由来下笔难，一诗千改始心安。阿婆还是初笄女，头未梳成不许看。”笄，本指簪子，古代用来插住挽起的头发或弁冕。《仪礼·士昏礼》：“女子许嫁，笄而醴之，称‘字’。”是说女子出嫁时，用簪子插挽发髻，称为“字”（后固称未婚女子为“待字闺中”）初笄女，指初成年可以盘发插笄的女子。诗的后两句形象地以初嫁娘精心打扮、精巧的发型还没有梳妆完成是不许别人看的，来比喻吟诗要反复修改，精心推敲，千锤百炼而后“始心安”。

“新诗改罢自长吟”和“一诗千改始心安”，正是先贤们取得杰出成就的真诀窍，也是开启后学们精心吟诗为文的金钥匙。

如切如磋　如琢如磨

《诗》云："如切如磋，如琢如磨。"(《卫风·淇奥》）切、磋、琢、磨，本来指器物加工的工艺名称。《尔雅·释器》曰："骨谓之切，象谓之磋，玉谓之琢，石谓之磨。"郭璞注："皆治器之名也。"汉王充《论衡·量知》亦曰："骨曰切，象曰磋，玉曰琢，石曰磨；切磋琢磨，乃成宝器。"

后来人便常以"切磋琢磨"来比喻良师益友之间在道德学业方面的互相研讨砥砺。北齐刘昼《新论·贵言》曰："知交之于朋友，亦有切磋琢磨之义。"宋范仲淹《淡交若水赋》曰："如切如磋，自契激扬之义；同心同德，孰分清浊之姿。"我们北大著名的美学家朱光潜先生在《谈交友》一文中精辟地指出："朋友的乐趣在相同中容易见出，朋友的益处却往往在相异中才能得到。""玉石有瑕疵棱角，用一种器具来切磋琢磨它，它才能圆融光润，才能'成器'。人的性格也难免有缺陷瑕疵……要多切磋，才能洗刷净尽，达到玉润珠圆的境界。朋友便是切磋琢磨的利器，与自己愈不同，磨擦愈多，切磋琢磨的影响就愈大。”这毫无疑义是交友方面的金玉良言。

我这里还想从学术争鸣和学术批评方面来谈谈切磋琢磨。

我们提倡在学术上切磋琢磨，真诚地开展争鸣和批评。对别人的文章著作指错攻非，首先要有善意，即与人为善，而不是与人为恶。切磋琢磨是希望别人好，希望别人的理论观点更加完善，希望我们共同的学术事业更加健康地发展。善意是照亮批评领域的灵光一点、阳光一片！

金无足赤，人无完人，文无完文。天下任何文章著作，都不可能是十全十美的，白璧微瑕或瑕瑜互见是在所难免的。即使昨天看来比较完美，但随着岁月的流逝、事物的发展、人类的进步，今天再看就很可能有这样那样的不足。这是我们虚心接受别人切磋琢磨的前提。接受别人的指错攻非，是我们自己有力量的表现，是充满自信的表现。“胜人者有力，自胜者强。”（老子《道德经》）真正的强者，主要不是指战胜别人，而是指战胜自己，战胜自己的缺点、弱点和不足。一个真正高素质的学者，就是要敢于在学术研究的道路上，不断地在时间长河中超越前人，在空间领域里超越他人，在精神世界里超越自我。

古谚语有云，“家有敝帚，享之千金”；难免敝帚自珍，也是人之常情。但我们一方面应勇于自以为是——充满自信；另一方面又要敢于自以为非——诚心自省。我们写出来的文章著作，要自己在写作前反复思考、在写作中反复推敲、在写成后反复修改，这些都是作者自己与自己的切磋琢磨；又要真诚地接受别人对自己的切磋琢磨，即欢迎别人从不同的角度、不同的方面，切中肯綮地批评指正。哪怕有一点可取之处，我们也应该心存感激之情，从善如流，择善而从，及时改正，更上层楼。

当然，只要是真诚的切磋琢磨，我们还应该有胸怀允许在批评者的批评中有失误和偏颇。任何人的批评，都很难百分之百是正确的；即便是这方面正确了，另一方面还可能有失公允；即便是这次正确了，另一次又可能有失偏颇。对此，我们应该抱有一种什么样的态度呢？窃以为应该是有则纠正，无则加勉。纠正则心悦诚服，加勉则欢欣由衷。

而对于学术切磋琢磨中的批评者来说，则应该允许被批评者拥有反批评的权利。正如应该欢迎别人对我们进行批评一样，批评者也应该有欢迎反批评的襟怀和勇气。真理愈辩愈明，学术研究在切磋琢磨的碰撞中可以产生火花，批评者和被批评者都可能在辩论中产生新的灵感，从而深化或升华原有的理论观点，甚至可能产生质的飞跃，由此诞生出新的理论甚至是新的带有原创色彩的理论。这正是我们倡导学术上互相切磋琢磨的期望之所在，目的之所在。

总而言之，在交友意义上的切磋琢磨，可以使我们得到真正的益友和诤友，从而在人生道路上少走弯路，事半功倍；倾盖如故，其乐无穷。而在研究领域里的切磋琢磨，则可以使我们在学业上得到真正的提高和进步，在学术道路上不断收获那金灿灿的硕果，不断登攀那无限风光的险峰！

言之成理　持之有故

请允许我先讲一则北大人的轶事。20 世纪 80 年代初始，刚恢复招收硕士研究生不久，我校人文学科的一位老教授招了两名女弟子。开学第一天迎新会后，老教授跟这两名女弟子说：明天上午八点整，我们在北大图书馆南门集合，我带你们到工具书阅览室去上研究生入学后的第一课：如何查找资料。

这位老教授认为本科生主要是接受知识，而研究生则主要是要有研究能力。而所谓“研究”，不管是自然科学的研究，还是人文社会科学的研究；也不管是写一部著作，还是写一篇论文，其最基本的要求无非是八个字，即：言之成理，持之有故。所谓言之成理，即要有理论观点，理论观点越深刻越好，如果能有一点别人没有说过的新观点，则更好。所谓持之有故，即必须有材料，有能够说明论点的材料。老教授首先想要让自己的研究生知道：诸如《文苑英华》里可以查到什么方面的资料，《艺文类聚》里可以查到什么方面的资料，“三通”里可以查到什么方面的资料；查人名到哪里去查，查地名到哪里去查，查典故到哪里去查。这就是我们常说的“授人以鱼，不若授人以渔”；给别人鱼，哪怕是再好的鱼，吃了也就没了；而教给别人捕鱼的方法，掌握后便可以自己去捕鱼。

第二天一早，老教授自己七点五十分就来到了北大图书馆南门前。到了八点钟，两名女弟子一个人也没到；到了八点十分，有一个人到了；到了八点十五分，另外一个人才到。老教授严肃地说：“今天约会作废，明天重约；同样时间，同一地点。”说罢又不无幽默地补充了一句：“记住，导师不是男朋友！”其结果是在今后的三年学习期间，这两个女弟子任何课再也没有迟到过。

话说得似乎远了一点，这则轶事给人的教益也主要是在人与人的交往中要恪守诺言，要守信如潮！这一点我以后想另写一篇千字文。本文想说的是我们的学术研究，应该力求做到“言之成理，持之有故”。

先谈谈“言之成理”。所谓理，即道理，事理。《易·坤》：“君子黄中通理。”孔颖达疏曰：“黄中通理者，以黄居中，兼四方之色，奉承臣职，是通晓物理也。”说话要讲理，写文章也要讲理，要阐述道理事理。在论文和著作中，所谓理，就是我们今天通常所说的观点或论点。

写文章当然要有观点，没有观点或者观点模糊、模棱两可的文章，就如同没有峰峦的山，没有波浪的水，没有盛开鲜花的园林，没有画出眼睛的肖像，无疑会让人兴味索然，收获甚微。

对于观点，一是要力求正确。或者符合事物发展的客观规律，或者符合广大民众的根本利益，或者符合优秀传统的本质精华，或者符合先进文化的发展方向，一句话，即合乎万事万物之理。二是要力求创新。创新是科学研究的内在要求和本质特点，任何科学的发展进步，都是在不断产生新观点，尤其是在有原创性的观点的基础上不断前进的。只有观点创新的研究，才有较高的学术价值和长久的学术生命力。三是要力求深刻鲜明。观点不能肤浅，不能模模糊糊，更不能似是而非；最好是一语破的，鞭辟入里，入木三分；或一针见血，痛快淋漓，是非鲜明。观点的深刻，源自研究的深入和思考的深邃。所以我们的学术研究既忌讳陈陈相因，了无新意，低水平重复；又忌讳浮光掠影，浅尝辄止，浅层次叠加。

再谈谈“持之有故”。《荀子·非十二子》：“纵情性，安恣睢，禽兽行，不足以合文通治，然而其持之有故，其言之成理，足以欺惑愚众。”王先谦集解引郝懿行曰：“‘故’者，‘咨于故实’之‘故’，谓其持论有本也。”章炳麟《与刘光汉书》：“今君复能实证古文，则真豁然确斯，持之有故矣。”可见，所谓“持之有故”，即谓立论有根据。

科学研究中为立论服务的有根据的材料，一是要翔实可靠，确切无误。材料必须来自原著，注明出处，字字皆可靠，句句有来历，最好不要满足于转引二手甚至三手资料；凡引用的材料必须反复核实原文，必十分确切而后止。二是要丰富多佐证，慎用孤证。从很多的材料中归纳总结出来的结论，才能经得住推敲。只有一条材料的，人们称之为孤证；如果就某一孤证来下结论，那是很玄乎的，是会有很大风险的。三是仔细分析，力求把握准确。对于我们收集到的材料，在运用时一定要认真分析，首先是去伪存真，去掉虚假的，留下真实的；其次是去粗取精，去掉一般的，留下精到的、最能说明问题的。观点可以创新，而材料是不能创新的。我们可以在收集资料的过程中挖掘出新的材料，并进行分析研究；我们可以对原有的材料通过研究，从新的角度作出新的解释，力求最大可能地接近材料原来蕴含的本意；但我们不能去创造材料，更不能伪造材料，此乃科学研究之大忌，其后果和危害是不言而喻的。

其实，何止是写文章撰论著要坚持言之成理、持之有故，即便是平时写总结、做计划、打报告，或者发个言、讲个话等等，也都应该有观点、有材料（例证），言之有物，服人以理。

文无定法　人无常师

写下这个题目，乍一看，两句话似不相关。文无定法，是说文章如何写，没有固定的法则——大体则有，具体则无。人无常师，是说在人一生的求学过程中，老师不可能是固定的、恒常不变的——能者为师，德者为师。其实，为文和求师也还是有关联的。

先说文无定法。

文无定法——大体则有，具体则无。写文章没有固定的、一成不变的写法。所谓“大体则有”，首先是指写文章跟世上万事万物一样，总是有一个总体上的基本要求。北宋“三苏”皆文坛大手笔，父亲苏洵在名篇《仲兄字文甫说》中认为，所谓“天下之至文”，当如风行水上，“无意乎相求，不期而相遭，而文生焉。”苏轼在其《答谢民师书》中亦云：写文章“大略如行云流水，初无定质，但常行于所当行，常止于所不可不止；文理自然，姿态横生。”他在《文说》中又说道：“吾文如万斛泉源，不择地皆可出。在平地滔滔汩汩，虽一日千里无难；及其与山石曲折，随物赋形，而不可知也。所可知者，常行于所当行，常止于不可不止，如是而已矣。其他，虽吾亦不能知也。”

明人茅坤也正是从这个方面称赞苏轼的文章能“行乎其所当行，止乎其不得不止，浩浩洋洋，赴千里之河而注之海者苏长公也。”（《唐宋八大家文钞·论例》）可见，写文章的最基本的要求就是：“常行于所当行，常止于不可不止。”也就是说应该放笔写来、充分描写、尽情表达时，就一泻千里，泼墨如云；而当意思表达完了时，便意尽笔收，戛然而止，惜墨如金。

所谓“大体则有”的另外一层意思，就是指不同的文体，则大体上有各自不同的写作要求。如写游记，得按照时间顺序，或者游历顺序；最好在描写和叙述中加入精彩的议论，或者引申出某一种哲理；再就是交待同游者，等等，这些都是基本要求。又如写格律诗，在内容和结构布局上，得有起、承、转、合，这样首联、颔联、颈联、尾联才能井然有序、照应自如。至于写作过程中具体如何行文、如何措辞等，则没有固定不变的范式，随作者才情和适时灵感而自由发挥。只要是有利于深化主题、能给人理性启迪或陶冶性情的写法，便是好写法；这样写出来的作品，便是好作品。

文无定法的另外一点就是，写之前没有固定法则，一旦写成了好文章为人们所称道，于是乎其文的写法，就成了时人或后人效仿的典范；这就是文成法立。学习效法的人多了，便成为一种新的写作范式。宋代的科举要考策论，苏轼的策论在写法上能够随机应变、翻空出奇，影响很大，以至于成了北宋中叶后举子们应试的敲门砖。在当时的秀才中流传着一句口头禅："苏文熟，吃羊肉；苏文生，吃菜羹。"（陆游《老学庵笔记》）苏轼为文如此，为诗亦然。清人赵翼在《瓯北诗话》中评苏轼诗曰："大概才思横溢，触处生春。胸中书卷繁富，又足以供其左旋右抽，无不如志。其尤不可及者，天生健笔一支，爽如哀梨，快如并剪，有必达之隐，无难显之情。此所以继李、杜后为一大家也。"诚为的评。

明人洪应明在《菜根谭》中有句曰："文章做到极处，无有他奇，只是恰好；人品做到极处，无有他异，只是本然。"意思是说：文章写到特别神奇卓异之处，没有什么诀窍，只是写得恰到好处；品德修炼到最高的境界，没有什么特别之处，只是表现出人善良的本性。文章的极处是"恰好"：恰到好处，其实就是前面苏轼所说的"常行于所当行，常止于不可不止”也。

再说人无常师。

唐韩愈在名篇《师说》中曰：“圣人无常师，孔子师郯子、苌弘、师襄、老聃。郯子之徒，其贤不及孔子。孔子曰：‘三人行，则必有我师。’是故弟子不必不如师，师不必贤于弟子，闻道有先后，术业有专攻，如是而已。”又曰：“生乎吾前，其闻道也固先乎吾，吾从而师之；生乎吾后，其闻道也亦先乎吾，吾从而师之。吾师道也，夫庸知其年之年之先后生于吾乎？是故无贵无贱，无长无少，道之所存，师之所存也。”——此乃千古真理，万世不移！

首先是人必有师。“人非生而知之”，任何人都得向他人学习，向前人学习，从学习中获取知识，不断地成长起来。故人皆有师。

其次是人无常师。一个人从小到大，老师不能恒常不变；不能只向某个人学习，一定得向很多很多人学习；人生的这个阶段或者这一件事情上，向这一些人学习；而在人生的另一个阶段或者另一件事情上，则又得向另一些人学习。即便是长大之后或者成名之后，也还必须“活到老，学到老”，向各有不同专长的人学习，集众家之长，方能成一家之大。子曰："三人行，必有我师焉。"（《论语·述而篇》）连圣人都是如此，常人则更不用说了。

接下来就是什么样的人才能为师？才是良师？窃以为——能者为师，德者为师。所谓能者的"能"，指才能、才智、能力、力量等；凡是比自己"能"的人，都是学习的老师。所谓德者的"德"，则一是指品德，二是指善行。《易·乾》："君子进德修业。"为师者当崇德向善，高尚其品德，即既要有诲人不倦、循循善诱之德，又要有无私奉献、忘我利他之德！

古人云："经师易得，人师难求。"传授知识的老师好得到，而重教育人、砥砺德行的老师难寻求也。能者为师的"能者"好找，比比皆是；而德者为师的"德者"难求，凤毛麟角也。

泼墨为文追求随意挥洒，适性自如，行止有度——这样的文章才是好文章。为学求师追求谦虚自抑，海纳百川，博采众长——这样的学生才是好学生。

不疑处有疑与有疑处不疑

在安徽绩溪胡适故居的书房里，挂着胡适先生题写的一个匾，上书："做学问要在不疑处有疑，待人要在有疑处不疑。"这是胡适先生送给1930年冬季毕业同学的题词，原题词的下面写有一行小字曰："这是我自己最得力的一个见解。"这个最得力的见解，真可谓是做人与做学问、道德与文章两方面的至理名言。

胡适先生是这样说的，也是这样做的。

先说"做学问要在不疑处有疑"。

宋人张载在《经学理窟·义理篇》提出："于不疑处有疑，方是进矣。"胡适先生在做学问方面更有"大胆假设，小心求证"的名言。大胆假设，就是以大胆有疑为前提的。也正是这种"在不疑处有疑"的精神，使胡适先生在文、史、哲等众多领域里，有过多方面的开拓，取得了令世人瞩目的创新性成果。

学问学问，为学就是要问，问的过程就是学的过程。只学不问，不会大进。《论语》中说：“子入太庙，每事问。”（《八佾篇》）问就是疑问，有疑才有问，有问才有得。孔子曰：“疑思问”（《季氏篇》），“疑是思之始，学之端”。宋代理学家朱熹曰：“读书无疑者，需教有疑；有疑者，却要无疑，到这里方是长进。”科学发展史上的任何创造，都始于问题；提出问题有时比解决问题更为重要。

2007年3月1日的《中国社会科学院院报》登载了荣誉学部委员丁伟志先生的一篇文章，题为《学贵知疑》：“怀疑，只是提出了需要判断的问题，而不应包含作出判断。对疑问的回答可能是肯定的，也可能是否定的；也可能一时做不出肯定或否定的答案，而只能把问题摆在那里，听由其悬而未决。但是，疑问的提出，就必然促使人们去思考，去辨别，去往深层探索正确之所以正确，错误之何以错误，不满足于‘知其然’，而力求‘知其所以然’。‘审问’之后，接下去便是‘慎思’‘明辨’，而后才谈得到‘笃行’。”明人陈献章（又名陈白沙）先生也说过：“学贵知疑。小疑则小进，大疑则大进。疑者，觉悟之机也。一番觉悟，一番长进。”

要想提出疑问，必须深入钻研进去才行。吴寤斋说：“书不读熟则疑不出，事不深思则疑不生。大抵无疑可问者只是浅尝浮慕，未尝着重用功耳，非无真疑也。”

要想“在不疑处有疑”，光有“识”还不行，还得要有“胆”，还必须要有勇敢的精神。对他人、对前人的已有的研究成果提出疑问，尤其是对久已被人们公认的学术权威的研究成果提出疑问，那该需要多大的勇气啊！这勇气，来源于对科学的忠诚，来源于人格上的无私，来源于对真理无畏的追求和无条件的崇拜。

再说“待人则要在有疑处不疑”。

胡适先生这方面也堪称楷模。他一生交友广泛，待人坦荡，热情宽容，与人为善。在《胡适之先生晚年谈话录》中有这样两句话：“有高度修养的人，才能有自省的功夫；能够自省，才能平心静气地听别人的话，了解别人的话。”“人家骂我的话，我统统都记不起了，并且要把它忘得更快更好。”当年曾经骂过他的鲁迅去世之后，胡适不仅没有口出恶言，反而在书信中公道地说道：“凡论一人，总须持平。爱而知其恶，恶而知其美，方是持平。鲁迅自有他的长处，如他早年的文学作品，如他的小说史研究，皆是上等工作。”

待人，我们不但要求自己重信义，而且还要要求自己对朋友摒除无缘无故的猜忌。换句话说，用自己的言行取信于朋友，同时又要对朋友采取真诚信赖的态度。中国古代用人之道中有一句话叫作“用人勿疑，疑人勿用”。如果经过慎重考察，决定起用一个人时，我们就要对他信任，就要让放手工作；不能什么事情还要由你这位领导说了算。而对于一个还没有经过考验、还没有完全放心的人，就先不要急于委以重任。

如果我们将“用”字改为“交”字，即“交人勿疑，疑人勿交”，这同样是一句有益的格言。对于还存有疑虑的人，先不要相交；而一旦交上一个朋友，就要真诚地信赖他，不要轻易地去怀疑他。真诚的信赖，比金子更可贵！所以我们说，一个人如果交上了一个真正值得信赖，可以把自己的肺腑之言倾吐给他，“真堪托死生”（杜甫《房兵曹胡马诗》）——简直可以把自己性命托付给对方的好朋友，那么，这个人就等于拥有了一座永远也开采不完的金矿，这个人就是世界上最富有的人——精神上的富有者，才是真正的富有者！现在我们生活中有那么极少数人，穷得只剩下钱。

但得世间人长寿　不惜架上药生尘

记不清是几年前去古都开封，在朋友陪同下游览了刚建成不久的“清明上河园”。在模拟修建的一条宋街的一个中药店铺的大门两侧，赫然挂着一副对联，上联是“但得世间人长寿”，下联是“不惜架上药生尘”。我看了心灵为之一震：这是何等的襟怀，何等的仁慈博爱之襟怀；这是何等的境界，何等的无我利他之境界——不禁从心底为之喝彩！（或许有人会说这只是药商的自我张扬，有大言欺世之嫌；但我还是认为社会生活中需要这些正面的宣扬，以提升人们对生活的热爱之情。）这与历经三百年的同仁堂药店提出的“品味虽贵必不敢减物力；炮制虽繁必不敢省人工”的对联，内质全然相同。弘一法师曾经用行楷书写《华严经》中名句：“不为自己求安乐，但愿众生得离苦。”大师的书法笔墨含蓄，力透纸背；与佛家不求己乐、愿救众生的慈悲之怀，表里融一，浑然天成。中药店铺的对联，正得《华严经》个中三昧。

我初看时，觉得其上联中有一字似未稳，即“长寿”的“寿”字；人们是因为有病才去药店买药的，买药服用的目的主要是为了祛病除疾、康复身体，而不是直接为了延年益寿。转尔一想，只有“长健”，才能“长寿”；“人长寿”，就得“人长健”。中药店主人但愿世间人们都能祛病延年、健康长寿，不来他开的中药店里买药；则他的药店整天没有顾客，连年累月中药因没有人买而落满了灰尘。这样一来，药店收入自然减少，店主一家生活拮据自然在所难免。对此，店主非但不怨，反而心甘情愿——这是何等可贵的一种职业道德。

以上所引是一副古代颇为有名的对联，而今古人已逝，传统的道德在现实生活中不断面临严峻挑战。鱼龙混杂，良莠不齐，有时候我们为这种好的古风依然犹存而欣喜，有时候则又为随着商品经济发展、少数人利欲熏心做出伤天害理的事情而悲哀，甚至愤慨。

有一件事虽然过去多年，但人们一提起来还心有余悸：当年正值夏秋之际，媒体披露了某市有一个叫“三鹿”的集团，他们生产的三鹿牌婴幼儿配方奶粉，竟然为了提高奶中蛋白质含量的浓度，追逐利润最大化，丧失道德底线，往奶中掺进三聚氰胺。三聚氰胺进入人体，可导致泌尿系统产生结石，严重的甚至肾衰竭死亡。据食品安全专家介绍，在进行三聚氰胺风险评估时，以三聚氰胺的人群每天可容忍摄入量（TDI）0.63毫克/千克体重为依据，则婴幼儿配方奶粉中的安全阈应为15毫克/千克奶粉；而三鹿奶粉中三聚氰胺的含量，竟然是安全阈的171倍。（详见2008年9月18日《光明日报》第4版）这种犯罪行为，实在令人不能容忍。这可是婴幼儿啊！他们在人生的这一个阶段还没有任何分析问题的智力和抵御邪恶的主动能力，进入他们口中的食品、药品等，都必须精心再精心才行。

当然，生活中也有令人欣慰的事。2009年夏天，我去四川乐山青衣江访师，在由双流机场去乐山的高速公路上，有几处跨路的广告牌上写着“做食品就是做良心”的大标语，颜体书法，笔画厚重有力。这位四川做食品行业的企业负责人，能够在阳光下向世人喊出“做食品就是做良心”这样一句口号，令人敬佩也令人振奋！我相信这个企业如果真的做到了这一点，他们的事业就一定会蓬勃兴旺，蒸蒸日上！

这是做食品，照着“做食品就是做良心”的这一观念，则“做药品就是做仁心”！仁心就是仁爱之心，仁慈之心，仁义之心！药品是为了治病救人，药品质量不过关抑或有意做假药，其后果不堪设想，轻则贻误治疗，给病人延续痛苦；重则致人于死，无可挽回。人命关天，岂可不慎之又慎？！

2010年春天开学后，一位良友从西子湖畔归来，给我带来了两包“决明子苦丁茶”，是创始于清顺治六年（1649）的杭州方回春堂所制，功效说明曰：“清热降火，平肝明目，降血脂，降血压。”效用肯定会有，可说得如此神乎，恐怕也未必尽然。但在那朴素的包装袋上印着几行绿颜色的字，开头的一行却引起了我的好感——方回春堂遵循祖训：“许可赚钱，不许卖假。”多么诚实的话语。做任何生意，一个基本的目的自然是要赚钱，不赚钱的生意是一定难以为继、长不了的。药店也不回避赚钱，不忌讳赚钱，赚了钱可以将药店的生意做得更大，可以更好地拯世济民，有益于更多的患者。但“不许卖假”四字，掷地有声！

以上所举中药店的对联也好，“许可赚钱，不许卖假”的祖训也好，对于做生意人来说，与“做食品就是做良心”

一样，都类似今天的广告词，其意都在于自我陈说、扬言于世人。孔子曰："始吾于人也，听其言而信其行。今吾于人也，听其言而观其行。"(《论语·公冶长》)从语言上表达出诚意这只是第一步，接下来则应该真正身体力行；话说得再"尽善尽美"，最终还是要看其真实的行为如何，做的应比说的要更好。否则，古联也好，祖训也好，广告也好，则都可能成为另一种巧言令色的外衣。让我们真诚地呼吁人们以实际行动回归到一个诚恳朴素的基本道德观上，这样才会真正创建一个利人即利己、利己更利人的和谐的道德社会。

话再说回来，"但得世间人长寿，不惜架上药生尘"，敢于说出，已属不易；真正做到，当然更难矣。我想还是取"虽不能至，然心向往之"(司马迁《史记·孔子世家》)的态度，一步一步追求之，一天一天实践之，一生一世接近之。

乐把金针度与人

金代文学家元好问，于金宣宗兴定元年（1217）创作了《论诗三十首》。这三十首论诗绝句，历评汉魏讫于宋代之诗人及诸诗派，立论精当，针砭时弊，有起衰救弊之功，影响后世，非一代也。三十首之外，元好问另有七绝《论诗三首》，其三曰：

晕碧裁红点缀匀，一回拈出一回新。
鸳鸯绣了从教看，莫把金针度与人。

前两句说刺绣女技艺高超，绣出的图案色彩匀称，深浅合度，变化新颖，栩栩如生；后两句则说绣好了的美丽鸳鸯任凭人们欣赏观看，但如何绣成的运针走线的诀窍，却不能轻易传给他人。

所谓“金针”，典出唐代冯翊子《桂苑丛谈》。其《史遗》篇记载："（采娘）七夕夜沉香筵祈于织女。是夕梦云舆雨盖，蔽空驻车，命采娘曰：'吾织女，祈何福？'曰：'愿乞巧耳。'乃遗一金针，长寸余，缀于纸上，置裙带中，令三日勿语，汝当奇巧。"后因以"金针"比喻秘法、诀窍，后人遂以"金针度人"指把某种技艺的秘法、诀窍传授给别人。清代谢章铤《赌棋山庄词话》卷十一载："近小山（王时翔）亦谓'梦窗（吴文英）之奇丽而不免于晦，草窗（周密）之淡逸而或近于平'（王颖山《别花人语》序），此言乃学南宋者之金针也。"又，清代袁枚《随园诗话》卷七："陆放翁曰'文章切忌参死句'，黄山谷曰'文章切忌随人后'，皆金针度人语。"

笔者写作本短文的目的，乃在于反其义而发挥之——乐把金针度与人。也就是希望人们能将自己独特的经验，精妙的体会，辛辛苦苦练出来的"绝活"，毫无保留地、心甘情愿地、高高兴兴地奉献给别人，让别人也同自己一样聪明智慧起来。

"乐把金针度与人"，是一种自信，一种希望别人包括自己的竞争对手都能强大起来，又不怕别人超过自己的自信。

胡适先生曾说过这样的话：生活在没有高手也没有竞争对手的社会中是寂寞的。本书第二篇《弄斧敢于到“班门”》中写过这样一段话：“对于‘班门’里的堂主而言，则应该真诚欢迎人们经常到‘班门’来弄斧。因为……只有经常有人到门前来弄斧，才能将自己好的技艺传给他人，传布社会。但凡一种好的技艺、好的才能、好的本领，只有在社会生活中发挥其积极作用，有益于众生，才真正有价值；否则一文不值！”这里我仍然坚持和重申这一观点。金针度人，正是一种对自己能力的自信，是一种有力量的表现，是一个人利他主义人格光辉的一种折射。

“乐把金针度与人”，是一种境界，一种无私奉献的忘我境界；一种甘为人梯，希望后来者踩着自己的肩膀攀登上巅峰的境界。非但乐于“金针度人”，努力使别人赶上自己；而且盼望别人能超过自己，甘于“为他人作嫁衣裳”。

20 世纪 70 年代末到 80 年代初，我校王选院士带领着他的北大科研团队，以炎黄子孙的智慧和对祖国的忠诚，研制成功了汉字激光照排系统。这一贡献对于我们中华民族乃至全人类来说，都具有划时代的伟大意义。王选院士一生献身科学、淡泊名利，始终孜孜不倦地埋头于艰苦的教学科研工作。他学为人师，行为世范，提携后学，甘做人梯，是年轻人的良师益友。1992 年从一线退下来后，王选院士一直以提携后进为己任。他曾多次表示自己的创造高峰已经过去，已是“伏枥老骥”，今后衡量他个人贡献的大小，在于能否“甘为人梯”，培养出一批年轻人超过自己。在王选院士的培养下，方正技术研究院一大批优秀的青年才俊、业务骨干脱颖而出，而在方正的每一次盛大新闻发布会上，王选院士总忘不了要向新闻界一一介绍创造这些优秀成果的年轻人。他随身带着一个笔记本，上面密密麻麻记载了研究院每一个年轻人的兴趣、特长、导师评语和进步，他甚至每天都在琢磨如何发挥每个研究人员的潜能，给予他们一个充分实现自我价值的舞台。在他身上，体现了我国老一辈科学家博大无私、谦虚好学的胸怀。在具体工作中，他也能不遗余力地提携和扶持新人；坚持认为教师的价值观应该是“青出于蓝”、后来居上。他对人才充分的重视以及呕心沥血的无私培养，在当今社会显得尤为难能可贵。

“乐把金针度与人”，是一种尽己之力成全他人的美德，是一种忘我无私的利他主义精神！要做到这一点，必须坚持不懈长期地一点一滴地自我修养，不断地提升自己的人生境界。百岁老人杨绛先生曾经语重心长地说道："一个人经过不同程度的锻炼，就能获得不同程度的修养、不同程度的效益。好比香料，捣得愈碎，磨得愈细，香得愈浓烈。"

让我们大力倡导"乐把金针度与人"的精神，在人与人之间营造一种和谐温馨的氛围，使我们的生活更加美好！

有一种美德叫忠诚

有一种美德叫忠诚。所谓“忠”，即全意无私，尽心竭力。《左传·成公九年》：“无私，忠也。”宋人司马光《四言铭系述》曰：“尽心于人曰忠，不欺于己曰信。”所谓“诚”，即诚实，真诚。《易·乾》：“闲邪存其诚。”孔颖达疏曰：“言防闲邪恶，当自存其诚实也。”所谓“忠诚”，即真心诚意，绝无二心。《荀子·尧问》：“忠诚盛于内，贲于外，形于四海。”

一个人对自己的民族、对自己的祖国，竭尽全力，不存私念；当民族危亡、祖国需要的时候，能够不惜牺牲自己的一切、直至贡献出自己的生命，对于民族和祖国而言，这就叫忠诚。像战国时伟大诗人屈原为了实现楚国强大的政治理想，在《离骚》中大声疾呼：“岂余身之惮殃兮，恐皇舆之败绩。”最后不惜以一死殉自己的理想：“既莫足与为美政兮，吾将从彭咸之所居。”遂投湘水自沉。唐代柳宗元《吊屈原文》中称：“忠诚之既内激兮，抑衔忍而不长。”后世也有人说：屈原投江自沉，惟其一死，使得他在中华民族的青史上永不死也！

宋末民族英雄文天祥舍生取义的浩然正气，长留于天地之间。“人生自古谁无死，留取丹心照汗青”（《过零丁洋》），表达了视死如归的崇高气概；一曲《正气歌》，唱出了华夏民族的尊严和志士仁人的忠诚。又如清人林则徐抗击外族入侵，不计个人得失，勇焚鸦片，遭投降派打击而被遣戍伊犁时豪迈地说道：“苟利国家生死以，岂因祸福避趋之。”（《赴戍登程口占示家人》二首其二）一片赤诚为国，气壮山河。像这些赤子英名，皆“一一垂丹青”也。

再有忠诚于人民，忠诚于黎民百姓，如唐代大诗人杜甫热忱盼望能有广厦千万间，“大庇天下寒士俱欢颜”，自己则宁愿“吾庐独破受冻死亦足”（《茅屋为秋风所破歌》）！这是何等伟大的利他主义精神，这就是大忠大诚。总是从自己的不幸，想到他人的不幸、人民的不幸；而越是想到他人的不幸、人民的不幸，越是忘记了自己的不幸，这种“宁苦身以利人”的襟怀何等壮丽，这就是大忠大诚。古往今来诗人多如繁星，而人们却众口一词称杜甫为“诗圣”，圣在哪里？

圣就圣在这里也。诚令人高山仰止，景行行止！

其实，忠诚的美德在生活中处处存在。为朋友敢于担当，乐于牺牲，赴汤蹈火，在所不辞，这是忠诚；对父母恪守孝道，对家人忠贞不二，对兄弟诚心友爱，对子女勇担义务，这些也都是忠诚。对自己读书学习过的母校，对含辛茹苦教育过自己的老师，对自己工作过的单位，对生我养我的故乡，能常怀感恩之心，常存报答之念，这些都跟忠诚的美德息息相关。古有熟语曰："儿不嫌母丑，狗不嫌家贫。"在我国传统的道德评价中，人们从来都是称道这样一种忠诚的。

而对于那种只从自己利益出发，见好处就上，见蜜糖就沾，这山望到那山高，见到新的高山就又拔腿另攀的行为，人们往往嗤之以鼻，不大看得起。商业行当里有一种追逐物质利益的"淘金者"，哪里有利，就往哪里扎堆；哪里对自己有更多的好处，就立即转向哪里经营。这种见异思迁、见利忘义的行为，实在没有多少忠诚的含金量。

世易时移，世风堪忧，而今知识界也或多或少地受这种不良风气的浸染，也时不时地出现那么几个在学术园地里四处追逐的"淘金者"，哪里有利（诸如提职称、调级别、涨工资，或者有更多的科研经费、更宽敞的办公条件、更舒适的住房环境等等）就往哪里去；而对于为他的成长付出了无数辛劳的单位，没有多少感恩之意，没有多少眷恋之情。常以一己之利为衡事量物的标准，一件事情不顺心、一个条件不能满足，就另觅高枝，掉头不顾。以前人们曾辛辣地讥讽这种人是“有奶便是娘”。现在似乎不行了，奶水多的才是娘；甚至有的还一次次地“换娘”！这种人早已经把“忠诚”二字抛到脑后去了，这样的人还有什么“忠诚”可言呢。

或许有某君反责曰：人往高处走，水往低处流，自然之理也。何况时代不同了，如今人才流动已成时尚；流动才能促进发展，竞争才能推动创新；哪里能够更好地发挥自己的特长就到哪里去施展拳脚，哪里有更好的平台就到哪里去一展风采，何错之有？诚然！但这里有一个本质的区别，那就是在选择和决定某件事情的时候，你是更多地从对他人有益的角度出发，还是更多地从对自己有利有益的角度出发？这似乎是问题的实质所在。我总认为，一个人如果只想着自己，只为自己做事，做成事，做成好事，做成大好事，那只能说你有“才”，那只能说你有“能”，那只能说你有出类拔萃的“才能”；而一个人如果凡事总先想着别人，想着为他人、为老百姓做事，做成事，做成好事，做成大好事，那才算是你有“德”，那才算是你有“行”，那才算是你有美好的“德行”！读者诸君，不知以为然否？若以为然，那么我衷心祝愿诸君不仅有如此杰出的“才能”，更有如此高尚的“德行”！

忠诚是一种美德，培养和弘扬这种美德得从自我做起，从身边的一点一滴的小事做起。如果我们能坚持“好修（以）为常”（屈原《离骚》）、“怀瑾握瑜”（屈原《怀沙》）；处事以忠，待人以诚；持之以恒，流惠及众；相信忠诚的美德是可以得到日益光大的。

宽容也是一种美德

宽容待人，就是要心地宽厚，处事宽容，宽大为怀。宽容也是一种美德。《论语·阳货》：“宽则得众。”一个人只有宽厚、宽容、宽裕、宽大为怀，才能得到他人的尊重。

在弘扬社会主义核心价值观的过程中，应该不断地培育宽容之德。面对道德高尚、品质优秀的人，要虚心学习，“见贤思齐”；面对他人的过失、缺点，则要设身处地给予体谅和包容，诚心诚意进行提醒和帮助。即便发现了“道不同，不相为谋”（《论语·卫灵公》），也要“君子绝交，不出恶声”（《战国策·燕策》），要“宽裕温柔，足以有容也”（《礼记·中庸》）。“金无足赤，人无完人”，任何人都不可能尽善尽美，不可能一贯正确，不可能没有过错；过而能改，善莫大焉。《论语·子张》中记载子贡曰：“君子之过也，如日月之食焉；过也，人皆见之；更也，人皆仰之。”以日月之食比喻君子之过，实在是十分贴切！君子之过在明处，有了过失，人们都能看得清清楚楚；改正了，人们又重新仰望称颂其光明峻洁。只要对方本质上是好的、是白璧，其过失只是微瑕，就应该学会宽容。《庄子·庚桑楚》：“其身也不能容，焉能容人。不能容人者无亲，无亲者尽人。”意思是说：一个人自身都不能相容，怎么能容得别人；一个不能容别人的人，没有亲密者；没有亲密者的人，就是自己弃绝于他人。

汉代韩婴的《韩诗外传》卷九的第七章中，记载了孔子与他三个弟子就“如何为善”话题，有过以下这样一段发人深省的对话：

> 子路曰：“人善我，我亦善之。人不善我，我不善之。”子贡曰：“人善我，我亦善之。人不善我，我则引之进退而已耳。”颜回曰：“人善我，我亦善之。人不善我，我亦善之。”三子所持各异，问于夫子。夫子曰：“由之所言，蛮貊之言也。赐之所言，朋友之言也。回之所持，亲属之言也。”

三个弟子对“人善我，我亦善之”的态度，是完全相同的。但在“人不善我”、我如何对待的问题上，所持态度各异。子路，即仲由，子路是他的字，鲁国卞人，孔子弟子；

性情直爽，处事果敢，长于政治。他认为：他人对我不善，我也以不善待之。孔子认为这是野蛮人说的话。子贡，即端木赐，子贡是他的字，卫国人，亦孔子弟子。他认为：他人对我不善，我的态度是该怎么样就怎么样，进退恰如其分。孔子认为这是朋友之间应取的态度。颜回，字子渊，鲁国曲阜人；十四岁拜孔子为师，此后终生以师事之，是孔子最得意的门生。他认为即便他人对我不善，我也要以善待之。孔子称赞这才是亲人之间应该有的态度。“人不善我，我亦善之”，这就是一种宽容。孔子认为只有把他人当作自己的亲属时，才能持有这样一种宽容的美德。

是的，宽容也是一种美德！如果一个人像眼睛里容不得一点灰尘似的，容不得人与人之间的一点偶尔的过失，那么这个人就永远交不到朋友。因为“水至清则无鱼，人至察则无徒”（《大戴礼记·子张问入官》）。在日常生活中不会有十全十美的人——连我们自己也不是十全十美的，为什么要要求他人十全十美呢？如果一个人敢于对自己说：我不是十全十美的！那么，他就能宽容待人，他的人际关系一定良好。

如果说，真诚是人与人之间友谊之花赖以生长的土壤，那么，宽容就是滋润友谊之花的雨露。如果把社会比喻成一辆大车，那么宽容则是保证这辆大车平稳、快速运行的润滑剂。宽容待人，既使人们感受到人世间的温暖和光明，又能显示出你自己流畅潇洒的君子大度之风。所以，宽容是我们应该追求的一种难得的人生佳境！

宽容也是一种美德！宽容总是出自于善意，如果从善意的角度去理解对方，就容易谅解对方；而被谅解的人最终也会体会到这种宽容和善意，从而使人与人之间的关系更加友好亲密。心灵的距离，会在善意的宽容中缩短；误会的冰霜，会在善意的宽容中消融；本来平淡的友情，也会在善意的宽容中不断升温而变得热烈起来；甚至势不两立的对手，也会在善意宽容中冰释前嫌，化干戈为玉帛。

宽容也是一种美德！对别人宽厚而有气量，凡事不斤斤计较，能容忍别人的误解、嫉妒，甚至诋毁。这种宽容，不是怯懦，不是无能，不是逆来顺受，不是软弱可欺；而是大度、大量、大气。宽容地不苛求他人，这是一个人有力量的表现，是一个人充满自信的表现，是一个人美好品行内在光彩的外部表现。如果一个人能够对来自各方面的不同意见、甚至攻击自己的意见，都能用善意去理解，用真诚去尊重，那么，就是表现出了一种大度能容的襟怀雅量和为他人着想的高尚品质。

宽容也是一种美德！从善意出发，宽容待人，会使人看到生活中很多美好的东西，从而使自己也努力向善。当别人无意识地触犯了你的时候，不妨宽容地付之一笑。宽容而又友善的微笑，是心灵无声的问好！澳大利亚著名作家、漫画家安德鲁·马修斯在所著《宽容之心》中，有这样一句启发人心智的话："一只脚踩扁了紫罗兰，它却把香味留在那脚跟上，这就是宽恕。"宽恕就是友善的宽容。当别人有了困难的时候，我们不妨以宽容之心、恻隐之念援手相助。有时某种付出，对于我们自己来说不过是大树上摘下了一叶，但对于被我们接济的对方来说，却可能就是一片浓荫——所谓"分人一叶，即为浓荫"——如果我们能够给别人带去一片浓荫，我们何必要吝惜自己的一叶呢？

总之，一个以宽容之心待人的人，一定会得到他人的爱戴和尊重；一个以宽容之心处事的人，他的事业一定会兴旺发达！

“师道”还是“尊严”点好

在人类文明发展和文化演进的历史进程中，教师的作用，一直受到社会的高度重视。我国古代，教师的地位是很崇高的，排在“天地君亲”之后。《尚书·泰誓》中并称天、地、师，曰：“天佑下民，作之君，作之师。”自古以来，师道尊严就是我华夏民族的优良传统。《礼记·学记》云：“凡学之道，严师为难。师严然后道尊，道尊然后民知敬学。”后世的师道尊严一般都指为师之道的尊贵和庄严。

在古代，并不是谁都可以为师的。作为老师，不仅学为人师——要有广博的知识，过人的文采才华，参透天地人生的智慧；而且行为世范——更要在立身处事、道德品行方面为人师表。唐代著名学者韩愈曾给老师下过一个广为传诵的定义：“师者，所以传道受业解惑也。”（《师说》）“受业”，传授学业；“解惑”，解答疑难困惑；这两者排在第二、三位，而首位的则是"传道"，韩愈当时要传授的是儒家之道，后人则一般将此"道"扩展为为人之道、治学之道等。可见，师长身份的取得，并不是容易的。

古云："经师易遇，人师难遭。"（晋袁宏《后汉纪·灵帝纪上》）今人则通俗地说成：经师易得，人师难求。所谓经师，本指研究或传授儒家经典学术的学者，现在则概指传授业务知识和学问；所谓人师，指教人如何做人、培养人才品行的老师。春秋时的第一位教育家孔夫子正是这样一位万世师表。他曾拥有三千弟子，七十二贤人，他提倡"有教无类"——什么样的人只要有向学之心都可以来向他求教，都有平等接受教育的权利。这一教育思想至今仍然闪耀放射着真理的光芒！他的治学方针是"因材施教"，根据不同学生的不同材质来施教。他的学生对于夫子也是极尽敬重的，在孔子去世之后，弟子们在他墓旁守孝三年，而其中一位弟子子贡自愿守孝六年，来表达对先师的怀念之情。

师道尊严的传统，在我国社会生活中深植人心。蔡元培先生执掌北大的时候，曾欲邀请一代大儒马一浮先生前来任教，一浮先生以"古闻来学，未闻往教"（出自《礼记·曲礼》"礼闻来学，未闻往教"）拒绝，蔡先生也便认同了。这在当时传为美谈。

这一美好的传统，延续至“文革”前，后因无知和愚昧而被破坏。十年浩劫，读书无用，斯文扫地，师道荡然，呵师斥祖之事时时发生，更甚者毒打老师致死也有所闻。往事不堪回首，覆辙不可重蹈！近年来随着国家对教育愈来愈重视，尊师重道的传统才又得到高度重视。政府将每年的9月10日定为教师节，年年此日，领导到学校慰问老师，单位对老师嘘寒问暖，学生给老师献鲜花奉贺卡，这些都传递出浓厚的尊师重道的意味。

2010年9月8日，我应邀给玉树灾区中学——青海民族中学——义务讲学，以藏族孩子为主的一千多名少数民族学生，在一座简易的礼堂里听我作《古典诗歌赏析与人文素质提升》的专题演讲，那一双双渴求知识的清澈眼神，那全场诵读杜甫《茅屋为秋风所破歌》的起伏声浪，那朗朗的笑声和阵阵掌声，给了我极大的快乐。演讲散场后，我走在校园里，同学们见到我时，都躬身叫声：“老师好！”男孩子还一边弯腰一边摘下帽子。尊师的良种已在孩子们心灵的净土中萌芽，我禁不住热泪盈眶，向他们频频招手连声说好。这就是我们民族的未来，这就是我们民族的希望！

当一个良好的传统被野蛮截断之后，重新建设是需要有智慧、有眼光、有魄力的，如何使传统与当代的社会现实结合起来，一定得三思而后行。诸如，现在有些高校在严格教学管理的过程中，让学生给老师打分，罗列了诸多方面，教学态度、教学内容、教学方法、教材如何、用不用PPT，等等，分门别类打分，然后进行总评；而学生的打分，又被作为老师业绩考核、职称晋升、津贴等级划分等依据之一。我不是说不要严格教学管理，相反我一直认为，教师的天职就是用心血、用挚爱讲好每一堂课，三尺讲坛，神圣无比，必须以严律之。但能不能换一种更为积极的方法去鼓励老师，不必让学生给老师打分（总让人挥不去“文革”中“考教授”的阴影）呢？文脉要靠优秀的教师去传承，“师道”还是“尊严”点好。

尊师重道，其实有两方面的意思。尊重老师、尊重学问之道是其本义，这个包含了情与礼的态度，不是靠个体而是需要整个社会风气维系传成。就另一方面言，作为老师，应该具备足够值得别人尊重的学养、道德和见识，如其没有，这个“师”的内涵就不那么充实了，何谈别人尊重呢？我们听闻了不少从中学到大学的不尊重老师的例子，甚至有伤害老师的极端事件。对此，不能简单地归咎于学生的任性无知。一方面，确实有那么少数老师在师德方面失检，引起学生之愤，从这点来说，这样的老师首先应该反躬自省。另一方面，我们的社会道德风气虽然在朝着良性方面改善，但在恢复传统重建师道的过程中，还有不少问题有待于更深入探寻。

最后我还想说一点，就是师道尊严应该建立在一种学生与老师平等友好情义相通的基础上。我们在这里提倡尊师重道，也并非全然把老师放在一个高不可攀的位置。学生尊重老师，但这并不妨碍学生从专业学问等方面向老师挑战，正所谓“吾爱吾师，吾更爱真理”。爱吾师与爱真理其实并不矛盾，爱真理的同时亦不妨碍一个学生从行为上态度上予老师以谨敬之仪。“芳林新叶催陈叶，流水前波让后波。”（刘禹锡《乐天见示伤微之敦诗晦叔三君子皆有深分因成是诗以寄》）只有学生胜过老师，一代更比一代强，这样的民族才能蓬勃发展，繁荣兴旺！

交友以信　一诺千金

在朋友的交往中要讲究信用，恪守诺言，这在友道中是十分重要的。司马迁在《史记·季布列传》中，记载楚国人季布非常讲信用、守然诺，所以当时人们都说：“得黄金百斤，不如得季布一诺。”后来就形成了一个成语，叫作“一诺千金”。

这个“信”，也是儒家思想重要的一个方面。儒家讲五伦、五常，即：仁、义、礼、智、信。儒家的这个“信”，包含有两个方面的意义：一个是大而言之，儒家认为整个社会、整个人生都要诚信。《论语·为政》篇中，子曰：“人而无信，不知其可也。大车无輗，小车无軏，其何以行之哉！”人要是不讲信用，肯定是不行的。不讲信用，就像大车没有輗，就像小车没有軏——輗和軏都是车子中最重要的部件——假如车子没有了輗和軏，这个车子就行走不了了。如果没有“信”，整个社会就将运行不了，难以顺利前进。

《论语·颜渊》篇中还记载了这样一件事：

> 子贡问政。子曰："足食，足兵，民信之矣。"子贡曰："必不得已而去，于斯三者何先？"曰："去兵。"子贡曰："必不得已而去，于斯二者何先？"曰："去食。自古皆有死，民无信不立。"

学生向老师请教如何治理国家，孔子说了三点：要有足够的粮食，要有强大的军备，要取得老百姓的信任。子贡问：如果必不得已要去掉一项，那么三者中先去掉哪一项呢？孔子曰：去掉军备。学生再问：如果必不得已要再去掉一项，在所剩两者中去掉哪一项呢？孔子曰：去掉粮食。自古以来人总是要死的，如果老百姓对统治阶级不信任，那么国家就立不住脚了。所以民无信不立，人无信不行，应该以诚信治天下。——这是大而言之。

小而言之，儒家也要求在与朋友的交往中要讲究信用，这也是儒家非常推重的。《论语·学而》篇中记载子夏曰："与朋友交，言而有信。"孔门弟子中还有一个人叫曾参，就是曾子。他曾经说："吾日三省吾身：为人谋而不忠乎？与朋友交而不信乎？传不习乎？"（《论语·学而》）把和朋友交往是不是讲究信用，作为每天从三个方面反省自己的内容之一，可见儒家是多么看重对朋友交往要讲究信用。

《庄子·盗跖》篇中记载这样一件事："尾生与女子期于梁下，女子不来，水至不去，抱柱梁而死。"后遂以"抱柱"为坚守信约的典故。在今人看来，尾生的行为实在是太迂了、太笨了，但这种讲究信用的精神，却历来为人们所称道（当然这样不珍爱生命是不值得提倡的）。汉古诗《穆穆青风至》："安得抱柱信，皎日以为期。"李白《长干行》写一对小儿女从小就在一起玩耍："郎骑竹马来，绕床弄青梅。"两人长大以后结为夫妇，李白说："常存抱柱信，岂上望夫台。"夫妻之间如果恪守抱柱之信，永不分离，女方就不用到望夫台上望丈夫了。李白自己也非常讲究信用、恪守诺言。他在《侠客行》中有诗句曰："三杯吐然诺，五岳倒为轻。"与朋友一起开怀畅饮，三杯酒喝下去以后，吐出口的诺言，与之相比，五岳之倾倒也变得轻了。男子汉大丈夫诺言要重于五岳！恪守诺言，是人与人交往中非常重要的美德。

我很喜欢中国的一个成语，叫作"守信如潮"。潮就是海潮，海潮每天都是有规律地、准时地来到。一个人"守信如潮”，既显示了他的人格的光辉，又会产生无形的力量。如果一个人说话不算数，自食其言——自己说出来的话自己又把它吃下去了。这种自食其言的人，我认为他先自轻之，人焉能重之；先自己把自己的人格搞轻了，别人怎么能尊重你呢？

所以，在我们答应别人做某件事情的时候，一定要学会“慎言”。慎言，就是你得认真地思考一下你的力量能不能达到，如果你尽了全力，怎么也不能达到，你就不要轻易地答应朋友。“轻诺必寡信”（《老子》第六十三章），一旦答应了别人，必须百折不挠地去兑现自己的诺言。诚所谓“一言既出，驷马难追”；诚所谓“君子一言，快马一鞭”，君子说话，说一句话就算数。快马不要用鞭催，响鼓不用重捶。

再讲一层意思。那就是如果我们答应了朋友，但在这个过程当中，情况发生了特殊的、意想不到的突然变化，虽然我们已经尽了自己最大的、全部的力量，但还是没有办法来兑现答应过的诺言。这时候因为你尽全力了，那么你也就可以原谅自己了。由此，我总结了一句话：我认为在人与人的交往中，取得别人的原谅，往往不是最困难的，最困难的是取得自己的原谅；因为自己原谅自己的前提，必须做到以下这八个字：“竭尽全力，问心无愧。”如果你做到了这个八个字，你就可以原谅自己，那么你的朋友也一定会原谅你的。

最后再讲一下，这个“信”还有一层意思，那就是信赖。朋友之间要互相信赖，真诚的信赖比金子更宝贵。中国古代用人之道中就有一句我非常喜欢的名言，叫做：“用人勿疑，疑人勿用。”你经过考察以后重用这个人，你就不要再对他有所怀疑；你要是对这个人还不那么放心，就先不要重用他。我把这个用人之道的名言，改“用”字为“交”字，就叫做：“交人勿疑，疑人勿交。”如果是经过了考验的朋友，你应该信任他，不要轻易地去怀疑他。所以说，真诚的信赖比金子更宝贵！如果你能真正交上一个值得自己信赖的、可以把自己的肺腑之言倾吐给他、可以把自己的生命都托付给他的朋友，那么，你就等于拥有一座永远也开采不完的金矿，你就是人世间最富有的人！——因为精神上的富有才是真正的富有。现在，我们有那么少数人，穷得只剩下钱。

汉字，中华民族最伟大的遗产

我们中华民族历史悠久，文化灿烂，遗产十分丰富。且不说那浩如烟海的典籍、那数不胜数的无价文物，等等。单看截至 2006 年底我国被列入世界遗产的就有 33 项（这一数字与我们这个遗产大国还是很不相称的），其中属于全人类人文遗产的有：长城、秦始皇陵及兵马俑、敦煌莫高窟、周口店“北京人”遗址、北京和沈阳明清故宫、北京颐和园、天坛、明清皇家寝陵、承德避暑山庄及周围寺庙、拉萨布达拉宫历史建筑群、曲阜孔庙孔林孔府、武当山古建筑群、庐山国家公园、丽江古城、平遥古城、苏州古典园林、大足石刻、龙门石窟、云冈石窟、青城山及都江堰、皖南古村落西递和宏村、高句丽王城与王陵及贵族墓葬、安阳殷墟、澳门历史城区等 24 项；属于全人类自然遗产的有：黄龙风景名胜区、九寨沟风景名胜区、武陵源风景名胜区、三江并流、四川大熊猫栖息地等 5 项；属于全人类人文、自然双重遗产的有：泰山、黄山、峨眉山与乐山大佛、武夷山等 4 项。（诚谢北京大学世界遗产研究中心主任谢凝高教授提供上述资料。）

毫无疑问，这些都是我们引以自豪和骄傲的伟大遗产。但我还是认为，在现存的所有有形的物质遗产和无形的非物质文化遗产中，汉字——乃我中华民族最伟大的遗产！

汉字是世界上寿命最长、数量最丰富、使用人数最多的一种文字。汉字究竟有多少？这是一个谁也说不准确的问题。《康熙字典》收了 47 000 多个，《中华大字典》收了 48 000 多个，《汉语大字典》收了 54 000 多个，而迄今为止收录汉字最多的《中华字海》，则收录了楷书汉字 85 000 多个。新中国成立后，文化部和中国文字改革委员会发布了《印刷通用汉字字形表》，仅列入表中的通用汉字就有 6 196 个。如此丰富的汉字构成的汉语语词，更是不可胜计！

早在新石器时代，远古历史上就有仓颉造字的传说。《淮南子 · 本经》说："昔者仓颉作书，而天雨粟，鬼夜哭。"仓颉无疑是最古老的文字学家，但汉字从甲骨文、金文到小篆、隶书、章草、今草、行书、楷书等，字的数量的不断增多、字形的不断变化的过程，其主要创造者毫无疑问是一代又一代创造文明历史的人们。后来的人们把汉字的造字方法总结归纳为“六书”，即“象形、指事、会意、形声、转注、假借”。其中以前四种为主，即：象形表意法，就是用简单的线条描摹客观事物的形状，使人见了字形便懂得它所代表的事物；指事表意法，就是利用一种特殊性的符号，来标志某一事物或者表示某一概念；会意表意法，就是把意思可相配合的两个或两个以上的独体象形字或指事字结合起来表示一个新的意义；形声表意法，就是用一个字作形旁表示其意义类别，用另一个字作声旁表示其读音，两者结合便成为形声字。（参见何九盈等《中华汉字大观》）

这是何等伟大、何等神奇、何等聪明的创造！汉字的创造，既是华夏民族高度智慧的结晶，又在使用汉字的过程中，极大地开启了炎黄子孙的智慧。汉字“是凸显我们中华民族具有高度智慧的一个杰作，是我们中国人取之不尽、用之不竭的思想文化宝藏”。“在中华民族的形成过程中，汉字作为汉语言文化的最重要的交流手段，作为记录汉语信息的载体和传媒，在汉民族和以汉民族为中心的整个中华民族的政治、文化、经济生活中，一直起着无可替代的重要作用”（鲁毅《汉字——中华文明的历史丰碑》载《光明日报》2007 年 4 月 6 日）。汉字不但影响了我们汉民族的文化模式、行为模式和思维模式，而且古往今来一直是连接全世界所有华人的纽带和桥梁，是凝聚华夏民族精神的最好的、最强有力的黏合剂。诚如冰心老人曾说过的：中华民族始终是统一的，汉字的凝聚力厥功至伟。

随着电子计算机技术的迅猛发展和普遍应用，古老的方块式汉字曾面临十分严峻的考验，如果不及时解决汉字的信息输入问题，就有可能影响我国现代化的进程。北大王选院士和他带领的北大科研团队，以对华夏民族的忠诚和炎黄子孙的智慧，研制成功了汉字激光照排系统，告别铅与火，迎来光与电，这是汉字印刷技术方面的又一次重大革命，在汉字发展史上具有划时代的意义。正像我们的祖先在世界上首创活字和雕版印刷术那样，炎黄子孙又在汉字信息处理技术上再创辉煌。所以我以为把王选院士称作是我们“民族的功臣”——那是当之无愧的！

汉字是伟大的，又是十分神圣的！在“中国整个封建时代，人们始终认为‘汉字神圣，一点一划无非天经地义’。即使敢于反传统的王安石，也认为汉字‘皆本于自然，非人私智所能为也’”（何九盈等《中华汉字大观》前言）。所以，中华民族历来有尊重汉字的优良传统，不但在字形上书写认真，一笔不苟；而且还在字义的运用上十分审慎，不轻易用错、读错、写错，最大限度地减少直至消灭错别字。更有甚者，对于写有汉文字的纸张也格外珍惜。从前有的学校里，甚至设有“‘化字炉’或‘焚字炉’，写了字的纸，是不能乱扔的，以免被践踏或玷污，必须集中火化，以示尊敬。而现在，这样的传统已经不存。社会上不把自己的语言当回事，对文字缺乏应有的敬畏感，甚至抱着轻薄、游戏的态度，这是极其有害的。……我们应该保护好自己的文化遗产”（陈洁《小刊物“咬”出纯净语言空间》，载《中华读书报》2007 年 2 月 14 日），我们应该牢牢树立汉字的尊严，永远对汉字怀有虔诚的敬畏之心和高尚的尊重之意！

我坚信：只要人类存在，我们中华民族就一定会存在；只要中华民族存在，我们的汉字就一定会存在。汉字的生命力是永恒的！

炎黄子孙们，用心来爱我们的汉字吧！

请把汉字书写好

近年来高考阅卷时，报刊媒体常刊载这样的消息：据部分拥有多年高考阅卷经验的教师表示，通过评阅作文部分，可以明显地感觉到，考生的文字书写能力有所退化，部分考生不仅字迹潦草，卷面也不太整洁或者太不整洁。文字书写是中国语文教育的一项重要内容，这方面千万不能忽视。（见2008年6月26日《春城晚报》）全国很多省市在高考阅卷中也有大致相同的反映：有不少考生的试卷字迹潦潦草草，书写很不规范；有个别试卷字迹过于潦草，以致阅卷老师几个人共同猜测书写内容，仍然辨别不清。

高考答卷时书写潦草，这跟考试时间紧、压力大、不能从容书写有一定关系；但随着电脑计算机、手机等电子产品的普及，我国青少年汉字书写能力的日益衰退、书写水平的不断降低、重视程度的持续下滑，却有目共睹，无可争议，成了一件令人担忧的事。

如何提高汉字书写水平呢？首先，还是得从思想认识上高度重视。我曾经在一篇题为《汉字——中华民族最伟大的遗产》的短文中，说过这样的话：汉字的创造，既是华夏民族高度智慧的结晶，又在使用汉字的历史过程中，极大地开启了炎黄子孙的智慧。……汉字不但影响了我们汉民族的文化模式、行为模式和思维模式，而且古往今来一直是联接全世界所有华人的纽带和桥梁，是凝聚华夏民族精神的最好的、最强有力的黏合剂。诚如冰心老人曾说过的：中华民族始终是统一的，汉字的凝聚力厥功至伟。因此，每一个炎黄子孙，对于汉字都得有足够的尊重之意和敬畏之心。

大约十四五年前，我作为评委，参加我校社会科学学部的职称评定工作时，校人事部将每一位申报教授职称的老师的教学科研工作业绩表，复印给我们每一位评委。业绩表的最后，有申报老师的签名。有一位老师签名十分潦草，三个字一笔圈下，连成一片，要是不看此表开始处电脑输入的姓名，根本分辨不出他姓什么叫什么。会后，我专门给他写了一封信，恳请他今后把自己的姓名签写好。我在信中说：一是请你对我们中华民族的伟大遗产——汉字，怀有足够的尊重之心；二是请你对你的祖先和你的父母，怀有足够的敬重之心——你的姓是你祖先传下来的，名则是生你的父母给你取的；三是请对他人还是礼貌多一点好——尽量给别人阅览带去一点方便。与人方便，自己方便。后来我收到这位老师诚恳接受的回信；之后再看到他的签名，果然端正了许多。从善如流，善莫大焉。

除了思想上高度重视外，从小的教育也是很重要的。在我们中小学的教育中，一定得重视汉字的书写训练。教育孩子们从小要认真书写汉字，至少要做到横平竖直，一笔不苟。高考是中小学教育的指挥棒，这是不争的事实；所以我们能不能在高考这个环节上做做正面文章呢？2010 年 8 月 2 日，我去山东潍坊参加“中华颂中小学夏令营”活动，新华社山东分社的记者采访我时，我说到这样一个意思：炎黄子孙诵读好中华的经典、书写好我们的汉字，对于传承我华夏文明具有十分重要的意义。我说，如果国家主管教育的部门在深入调研、广泛征求意见的基础上，决定在每年的高考试卷评阅的种种要求中，加上一小条：凡答卷书写整齐规范、卷面清洁的适当加分，相反则适当扣分；加分和扣分最多不超过 3 分（或者 5 分）。此令一下，全国中小学生和家长们将精神为之一振，书写风气也必将向好的方面翕然一变。

值得高兴的是，后来听说国家有关领导就中小学汉字书写问题作过重要指示，专家们也建议在正在修订的义务教育语文课程标准中，对小学和初中学生写字提出切实的要求，做到天天练字。千里之行，始于足下。相信由此开始，经过几代人的努力，我们全民族的汉字书写水平一定会有明显提高。

其实，这里所说的提高，还不仅仅指汉字书写水平方面的提高，实质上更为重要的是，提高了我们民族认真做事、认真做人的精神境界。字如其人，字品即人品。从端端正正地写好每一个字，到端端正正地做好每一件事，到每一个人都端端正正地度过自己的每一天、每一年乃至一生，那么，我们中华民族就会端端正正地屹立在世界的东方。

莫以善小而不为，请把汉字书写好！

同怀读书志　不同读书法

打开《论语》，第一句就是，子曰："学而时习之，不亦说乎。"孔子谆谆教导学生要"学而不厌""不学《诗》，无以言"。学习对于人生的重要性是不言而喻的。人们掌握知识的途径是多种多样的，而读书学习无疑是最为重要的途径之一。

书籍乃人类知识之载体，智慧之宝库。一代一代的先贤著书立说："寄身于翰墨，见意于篇籍，不假良史之辞，不托飞驰之势，而声名自传于后。"（曹丕《典论·论文》）由此留下了无数宝贵的典籍，可谓汗牛充栋，浩如烟海。后人通过读书以获取前人创造的知识，再不断创新以更上层楼；读书乃人类进步之阶梯。

古往今来，也不知有多少志士仁人刻苦读书，孜孜不倦。诸如"头悬梁""锥刺股""凿壁偷光""囊萤映雪"，脍炙人口，传诵不息。书要刻苦读、反复读，读多了自然就会参悟其中义理。《三国志》中载："明帝时大司农弘农董遇等，亦历注经传，颇传于世。"裴松之注引《魏略》曰："（董遇）言'读书百遍，而义自见'。"董遇读书还十分善于利用时间，抓住"三余"，即"冬者岁之余，夜者日之余，雨者时之余"。充分利用冬天的农闲时间、晚上的业余时间和下雨天的闲暇时间，手不释卷，分秒必争。笔者从1998年起担任北大社科部负责人，负责北大文科院系的科研工作，繁务如猬，责任重大；白天全身心地投入尚恐有所闪失；自己备课和写点东西，也只能利用"三余"时间。此"三余"，即：夜晚乃一日之余，双休日乃一周之余，寒暑假乃学期之余。我曾戏称自己的书斋为"三余斋"（退休乃人生之余，现改为"四余斋"）。

唐代"诗圣"杜甫有诗句曰："读书破万卷，下笔如有神。"（《奉赠韦左丞丈二十二韵》）能读破万卷书，下笔作文自然如有神助。晚唐诗人杜牧亦曰："杜诗韩集愁来读，似倩麻姑痒处抓。"（《读韩杜集》）诸如此类，不胜枚举。

同怀读书志，然而如何读书，方法却因人而异，千差万别。东晋诗人陶渊明的读书方法是"不求甚解法"。在《五柳先生传》中，他称自己年轻时，“好读书，不求甚解，每有会意，便欣然忘食”。袁行霈先生笺注曰：“意谓虽然好读书，但不作繁琐之训诂，所喜乃在会通书中旨略也。此与汉儒章句之学大异其趣，而符合魏晋玄学家之风气。”（《陶渊明集笺注》中华书局2003年第1版）这种把握文章要旨大意而不钻字句牛角尖的读书法，诚非大智慧者不能为也。

北宋大文豪苏东坡《送安敦秀才失解西归》诗中曰：“旧书不厌百回读，熟读深思子自知。”他在给自己女婿王庠的信中谆谆告诫道：“卑意欲少年为学者，每读书皆作数过尽之。书富如入海，百货皆有之，人之精力，不能兼收尽取，但得其所欲求者耳。故愿学者每次作一意求之，如欲求古今兴亡治乱圣贤作用，但作此意求之，勿生余念。又别作一次，求事迹、故实、典章、文物之类，亦如之，他皆仿此。此虽迂钝，而他日学成，八面受敌，与涉猎者不可同日而语也。”（《又答王庠书》）东坡自己的体会是一书分作数次读，每读一遍都只关注某一方面，如第一次读只关注兴亡治乱问题，第二次读只关注典章文物问题，以此类推。他自称是“八面受敌法”。如此读书，实乃精读也。要想在某一领域里精研深究出创新成果，恐怕非得用此“八面受敌法”去“读破一部书”不可。至于最有必要读破哪一部书或哪几部书，最好请行家指导，方能收事半功倍之效。

南宋理学家朱熹在《训学斋规》中说：“凡读书，须整顿几案，令洁净端正，将书册齐整顿放，正身体，对书册，详缓看字，仔细分明读之。须要读得字字响亮，不可误一字，不可少一字，不可多一字，不可倒一字，不可牵强暗记，只是要多诵遍数，自然上口，久远不忘。古人云：‘读书千遍，其义自见。’谓读熟，则不待解说，自晓其义也。余尝谓，读书有三到，谓心到、眼到、口到。心不在此，则眼不看仔细，心眼既不专一，却只漫浪诵读，决不能记，记亦不能久也。三到之中，心到最急。心既到矣，眼口岂不到乎？”南宋学者陈善则提出：“读书须知出入法，始当求所入，终当求所出。”“能入”就是要反复阅读，把前后内容贯穿起来，以求深入领会文章的深刻内涵；“能出”就是读完书后要深入思考，融会贯通，在此基础上自出创见。

2011 年 3 月 8 日《中国社会科学报》刊登《清华大学四大国学导师的读书方法》一文，指出王国维主张读书不可缺少批判性思维，他说：“如果缺少观点，缺少见识，读书再多，也不会对自己的学问有补，而只会使自己迷失在浩瀚的史料中而不能自拔。”陈寅恪主张大量读书却不能尽信书；

不惟书，敢怀疑，他有诗句曰：“天赋迂腐自圣狂，读书不肯为人忙。”独立思考，自出新见，难能可贵。

《中华读书报》2010年3月3日载，国务院温家宝总理接受专访时，谈了自己读书的三点体会：①要处理好读书与人生的关系。书籍本身不可能改变世界，但是读书可以改变人生，人可以改变世界。一个不读书的人是没有前途的，一个不读书的民族也是没有前途的。②读书要有选择。③“我曾经提倡读书好、读好书、好读书。我又提倡读书活、活读书、读活书。其实前者讲的是学习，后者讲的是实践。”这三点对我们也不无启发。

或有某君责之曰：现在不是讨论用什么方法读书的问题，而是得鼓励人们去读书。据有关媒体调研，现在坚持读书、喜欢读书的人数，呈急剧下降趋势；人们都不读书了，您辛辛苦苦说了这么多读书法，岂非“屠龙之技”乎？——吾无语以对。

涌泉之恩　大海相报

我们中国有句古话叫作“滴水之恩，涌泉相报”。就是说对于别人的一点点恩惠，要千百倍地报答。在人生的旅程中，应该千百倍、百万倍来报答的恩情，我以为第一就是父母的养育之恩，特别是母亲生养哺育的恩情！

中唐诗人孟郊身世贫寒，他的小诗《游子吟》，可以说是表达母爱最伟大的诗篇。诗曰：

> 慈母手中线，游子身上衣。
> 临行密密缝，意恐迟迟归。
> 谁言寸草心，报得三春晖。

诗的开头从母亲为即将远行的儿子准备行装的很多很多事情中，选择一件最微小、最具体也最典型的事情来描写，那就是母亲为儿子缝补衣服。由此可见，这是贫寒人家，所着衣衫破旧，不是裘服锦衣。慈母为儿子缝补衣服，这里以针连着线、线连着针，暗喻母子心相连，儿行千里母担忧。

接下来“临行密密缝，意恐迟迟归”，是说母亲缝了一针又一针，本来儿子也许计划外出三个月就回来，母亲缝六针就可以了，但缝完六针后母亲又一想，旅途多艰难，也许儿子三个月回不来、五个月才能回来，于是又缝了八针；也许五个月回不来、八个月才能回来，母亲想着，于是又缝了十针……一针一针地把母亲对儿子的博大、深厚、无私的爱缝进去。这就是母亲，只有母亲才能如此想；这就是母亲，只有母亲才能如此做！这里的“密密”和“迟迟”，我以为是中国古代诗歌中最好、最伟大的叠字，尽管宋代女词人李清照有“寻寻觅觅，冷冷清清，凄凄惨惨戚戚……到黄昏、点点滴滴”等精彩的叠字，但也不能与“密密”“迟迟”相比，因为“密密”和“迟迟”中叠进去、表达出来的是人世间最伟大的情感，这就是母爱！人世间还有兄弟之爱、男女之爱、朋友之爱等许多种爱，这许多种爱，也许也能跟母爱一样博大、深厚，但在“无私”这一点上，与母爱相比，几乎都黯然失色。母爱是不求回报的，母爱是没有任何功利目的的；爱就是她唯一的目的，爱就是一切；为了爱而爱，这才是爱的极致，爱的最高境界！

以上是从母亲如何对待儿子的角度来写的，最后则是从儿子的角度对母亲倾吐肺腑之言："谁言寸草心，报得三春晖。"就像小草永远也无法报答三春的恩泽似的，做子女的永远也无法报答父母特别是母亲的恩情。春晖，热烈、温暖、灿烂、美好，用春晖来比喻母爱，可谓是珠联璧合。古往今来，也不知有多少人将自己的书斋命名为"春晖斋"，将自己的著作命名为"春晖集"，将自己家的厅堂命名为"春晖堂"，将自己家的庭院命名为"春晖苑"……这些都是表示对母亲的无限爱戴和感恩之情！

人同此心，心同此情，古今中外的人们都热爱自己的母亲。相传有这样两则故事，一个是讲从前有一个女子抱着很小的儿子回娘家，路上突然下起雨来，正好后面赶上来的一个互不相识的女子撑过来一把雨伞，并且帮前一个女子抱孩子。不久，雨过天晴，后一个女子抱着孩子就要走，前一个女子赶紧说：这孩子是我的！后一个女子则说这孩子是我的！两个人争执不下，孩子小又不会说话，吓得哇哇直哭。

这时一个老人迎面走了过来，问明缘由，略一思索，随手抓了一把灰在地上画了一个圈，让把孩子放到里面，说：你们一人拉一只手，必须朝相反的方向拉，谁先把孩子拽出这个圈，孩子就是谁的。这时一个女子不敢用力，哭着向前挪动；另一个女子则使劲一把将孩子拽出了圈。老人果断而又严肃地说：这个孩子不是你的！因为，如果你是他的母亲，你就不会如此使劲地拉孩子了。孩子这么小，两个大人朝相反的方向拉，会把孩子拉坏的，那怎么能行呢？后来元人杂剧中把此事用到包公断案上。杂剧作家李潜夫创作了杂剧《灰栏记》，全名《包待制智赚灰栏记》，讲述的就是这个故事。可见母爱是不可掩饰的，母爱是不能作假的。

还有一个故事讲一个母亲在儿子才三岁时丈夫不幸去世，于是一个人守寡含辛茹苦把儿子抚养成人，自己却患了半身不遂，瘫痪在床，儿子端茶奉饭，朝夕侍候。儿子娶了媳妇，开始还可以，时间一长，“百日床前少孝子”，儿媳妇嫌婆婆不但不能干活，反而要日夜侍候，就怂恿丈夫“把她扔了”。母亲的心是最敏感的，母亲可以从孩子的一个眼神、一个口气、一个话语中，感受到孩子的真实内心。有一天天气晴朗，儿子被儿媳妇说动心了，就对母亲说：今天天气好，我背你出去散散心吧。母亲清楚儿子要把她抛弃掉，而且扔得越远越安全。儿子背起瘫痪的母亲，一直朝大山深处走去。母亲在儿子的背上一旦碰到树枝，就折断一根朝地上扔。一边走、一边折、一边扔，儿子开始没有注意，时间长了，觉得很纳闷，就问母亲：你折树枝扔地上干什么？母亲平静地说：孩子，你离家这么远了，妈妈担心你返回家去的时候不认识路。意思是你顺着妈妈扔的树枝往回走，就行了。闻此言，儿子深受感动，良心发现，转身又把妈妈背回来好好侍候了。

慈母的情，大海的情；慈母的心，最纯的金！

读者朋友们，从某种意义上讲，我们每一个人的一生都有三个母亲：第一位母亲是给我们血肉和身躯的母亲，她的养育之恩是我们永远报答不完的；第二位母亲是给我们知识和才能的母亲，那就是我们的母校和母校的老师，包括小学、中学和大学等，她的培育之恩也是我们永远报答不完的；第三位母亲是给我们尊严和精神的母亲，那就是我们伟大的祖国，她的哺育之恩更是我们永远也报答不完的！

回到本文的开头那句叫作“滴水之恩，涌泉相报”的古话，我要说这三位母亲给予我们每一个人的恩情，绝不是“滴水之恩”，而是“涌泉之恩”。涌泉之恩，我们应该如何报答呢？——涌泉之恩，大海相报！

再发“春天里的倡议”

2005年春，我作为社科部长，曾经起草过一个《春天里的倡议》，以北京大学社会科学部的名义，作为内部材料发给我校人文社会科学各院系的领导，当时反应颇好。五个寒暑倏忽而过，转眼间2010年的春天又来了，有感于岁月匆匆、人事沧桑，我的师友中，不但他们的父母亲“子欲养而亲不待”，大半被岁月的风霜消磨逝去；就连他们自己也在“天有不测风云，人生难料死生”中时不时突然地离我们而去。对离去了的师友们的亲属遗孤，我们更应该伸出热忱的手给予更多的关爱。

人同此心，情同此理，于是我萌发了一个念头：将《春天里的倡议》一字不改地正式发表一次，加上大家刚读的这一段话，希望我们在关心院系里老师们父母的同时，也关心关心我们院系自己的老师本人：关心他们的工作，使之有一个公正的对待、宽松的环境、舒畅的心情；关心他们的健康，使之无病时有定期体检的机会，有病时得到热情及时的帮助；一旦不幸离去，则切切实实地关心他们的家人遗属，使之得到生活上的照顾、精神上的安慰，使我们身边这些不幸逝去的老师能含笑九泉！

就为了前后一致的这一个念想，请允许我将多年前本人起草的倡议信，再发表如下：

尊敬的文科各院系领导：

春天来了，我们有一个春天里的倡议。望着窗外碧草萋萋、垂柳鹅黄、榆叶梅火红、玉兰花芬芳的景象，我们情不自禁地想起唐代诗人孟郊《游子吟》中的名句："谁言寸草心，报得三春晖。"就像小草永远无法报答三春的恩泽一样，我们这些人子永远也无法报答父母的养育之恩！

我们文科一千几百名教职员工，来自祖国的四面八方。我们的父母给了我们血肉之躯，含辛茹苦地养育了我们；我们的祖国和人民给了我们知识和智慧，春风化雨般的教育和培养了我们。二十岁左右的年轻学子，怀揣理想和抱负，离开了父母，告别了家乡，负笈京华，求学燕园；后来又服从需要，留下来从事教学、科研、教辅等各种工作。从此，我们不能与父母亲人朝夕相处，不能侍奉左右，不能为他们洗衣做饭、熬汤端药。当祖国和人民把我们中华民族创建世界一流大学的重任，一部分交给了我们北京大学时，肩负着民族使命的每一个北大人，都既感到无比光荣，更感到责任重大，其压如磐，焚膏继晷，兢兢业业，不敢有丝毫的懈怠和麻痹大意。在北京大学日新月异的发展和不断取得的喜人成就中，有校领导和你们院系领导的不懈努力，有全体教职员工们的辛勤耕耘，也有燕园之外远在百里千里的海滨山麓、草原荒漠旁的我们父母们的牺牲和奉献！他们默默地忍受着与子女分离的寂寞，他们把生活中的困难或身体的疾病等，自己扛着不告诉我们这些子女，生怕影响我们的工作。他们的恩情，是我们永远也报答不完的！

有生就有死，生老病死是不可抗拒的客观规律。当我们老师们的父母走完了他们的人生道路不幸去世的时候，我们所在院系的领导如果能以院系领导和全体教职员工的名义发去一份唁电，或者送一个花圈，这既是对老师们去世的父母的在天之灵的一个告慰，也是对老师们家乡的亲戚友人的一个宽慰，同时更是对失去亲人的我们自己的教职员工的一个安慰！

这就是我们春天里的倡议。我们认为这样做是对的，所以我们也身体力行，从 2005 年春天开始，凡是相关院系把这样的信息告诉我们社科部的，我们一定及时以北京大学社科部的名义给亲人去世的老师的家乡亲友发去唁电，送一个花圈，以表达我们的哀思！

我们从 1998 年春天起，倡议并且实行了这样一件事：凡是文科院系为八十岁以上的老先生过生日祝寿，只要通知我们社科部，我们一定以社科部的名义送一个花篮，代表全校文科师生表达对这位老人的衷心祝福！八年来，我们献上了十几二十个花篮，产生了良好的影响。希望我们的这一次倡议，也能在文科院系中得到支持和响应！

以上这“春天里的倡议”，相信带给人们心灵的将会是春风般的温暖，春雨般的滋润，春光般的明媚！

微笑是心灵无声的问好

写下这个题目，我是想说，在人与人的交往中，真诚的微笑是发自心灵深处的无声问好！这种微笑，奉献给他人的其实是虽无一言却胜过千语万言的真情纯意和友善温馨。这篇短文严格来说不能算是我撰写的，至多算是我整理编写的。我将生活中看到的、听到的以及报刊上读到的与微笑有关的内容，剪接整合在一起，糅制成了这份“笑”的“什锦蜜饯”，笑的精神保健“丸药”，供大家品尝和服用。所有资料都尽量注明出处，意在传人之善，而不掠人之美。

新诗作家高占祥先生，曾写过一首题为《微笑》的新诗，其中有这样精彩的诗句：

人类不能没有春光，生活不能没有微笑。世上多一分微笑，人间少一分争吵；脸上多一分微笑，心头少一分烦恼；家庭多一分微笑，生活多一分美妙；……微笑，无穷的给予；微笑，处世的法宝。……亲爱的朋友啊！请不要吝惜自己的微笑。都来做一个“蒙娜丽莎”，献出那“永恒的微笑”。如果人人都露出迷人的微笑，生活将变得更加幸福和美好！（载《光明日报》2006年8月11日第8版）

微笑，对于彼此双方，可以说是一种真情的传递，一种善良的给予，一种美好意愿的呈露。北大有个名叫“艺园”的餐厅，家常菜做得不错。在进门墙上的醒豁处，贴有一张红纸，上面抄着一段关于微笑的小诗。其中一段是这样写的：

一个微笑花费很少很少，
而获得的价值却很高很高；
它给予人的是精神的愉快，
而收获的却是真情的回报。
一个微笑只有短短的几秒，
而留下的回忆却终生美好。
没有人富，富到对它不需要；
没有人穷，穷到给不出一个微笑。

这首小诗的作者并不知名，语言也极其朴素，但所传递的人生感悟却很耐人寻味。据说，这首小诗已经选入了小学课本——我们的教育，也是要在孩子小小的心灵里，播下一颗美好良善的种子。教育不是一蹴而就的，需要长期和反复地熏陶浸染，即使对于我们这些成年人，这样的提醒也是很有必要的。关于以微笑待人，关于将真情传播，这些美好的东西，在现实生活中有时却给人以暌违久矣的感觉。所以，每当去艺园进餐，我总会在这首《微笑》的小诗前驻足一会儿，让心灵在这样温馨的诗句中浸润一下。我想，艺园的年轻经理不愧是一位善于经营者，他不仅照顾到客人的胃口，还关心到了客人的心灵。

据 2009 年 11 月 2 日《参考消息》载，厄瓜多尔开展“微笑运动”。他们的副总统指出，推动这项运动的目的不是号召“大家都微笑”那么简单，“无论你是微笑，还是开怀大笑，只要拥有好心情总能使人向善、友好、团结、乐观、自信、充满希望，继而促进生产”。他还认为，“以什么样的心情面对生活非常重要”；心情对健康也会产生影响，笑口常开可以增进肺泡换气，促进血液循环，远离疾病，抵抗忧郁。这一观点，正好应了我国民间古训“笑一笑，十年少”。

笑能祛病延年，笑能使人减弱、缓解甚至免除疾病或心灵痛苦，但这种笑必须是发自内心的真诚的笑。

就给予微笑的一方而言，微笑又可说是一种境界和胸怀，一种积极向上和处变不惊的人生态度，是一种勇者的有力与自信，一种智者的成熟与智慧。一千多年前晚唐诗人杜牧有诗句道："尘世难逢开口笑，菊花须插满头归。"（《九日齐山登高》）人生在世，"不如意事常八九，可与语人无二三"（宋·方岳《别子才司令》），如何对待之，如何化解之，如何将这些"不如意"转化成有益的力量，这就靠各人的修为了。美国的威尔科克斯曾说："当生活像一首歌那样轻快流畅时，笑颜常开乃易事；而在一切事都不妙时仍能微笑的人，才活得有价值。"

当年，有人说爱因斯坦的广义相对论理论错了，并且说有一百位科学家联合作证，爱因斯坦听说后，只是淡淡地笑了笑，说："一百位？要这么多人吗？只要证明我真的错了，一个人出面便行了。"事实证明，爱因斯坦的理论经历了时间的考验，而当年那些反对他的人，却被一个微笑给打败了。爱因斯坦的微笑，可说是一种对真理的自信，一种对自我研究成果的认同，也同时是对自身所受的不公正对待的一种宽容豁达的态度。

愿朋友们读过我的短文之后，脸上开始绽放出微笑：笑出您的真纯，笑出您的友善，笑出您的宽容，笑出您的自信，笑出您的智慧，笑出您的健康，最终笑出一个您的欢乐人生！

讲台神圣　师魂不朽

讲台，是老师传道、授业、解惑的重要场所；是播撒精神良种、传承文明的高尚平台。登上讲台，面对着一双双渴求知识的清澈眼睛、一张张朴实诚笃的青春脸庞，作为老师，一种庄严神圣之感会油然而生。老师在讲台上的音容笑貌，举手投足，一个手势，一道目光，都是身教；诵读一段诗文，解释几个词汇，阐释某种哲理，讲述史料典故，都是言教。春风化雨，迎来桃李芬芳；教书育人，坚守神圣讲台。

讲台神圣，对讲台要充满热爱之情。讲台神圣，对讲台绝不能有丝毫懈怠之心。

要站好讲台，就得有强烈的使命感和责任心，就得有深厚而博大的挚爱之心；有了这种爱心，才能全身心地投入教育事业。登上讲台之前充分备好每一堂课，为了给学生一杯水，必须事先准备一桶水，甚至一缸水；这样走上讲台才能够左右逢源，得心应手，收到良好的教学效果。如果只准备一杯水，那么难免捉襟见肘。被誉为“不朽的师魂”的我校中文系孟二冬教授，在任教的十几年岁月里，对于讲课从来是认认真真，一丝不苟；课前静坐“过电影”，课后“回放”找得失；每次上课都是早一点到，准备工作细致再细致；下课总是晚一点走，希望与同学多交流。他备课缜密周详，难点重点做出记号，甚至哪句板书都事先画出杠杠；除教材上的内容外，还查阅大量典籍，补充大量的考证资料；每一个问题的来龙去脉，每一个论点的源流论据，都有丰富翔实的资料作支撑。因此走上讲台便能气定神凝，从容不迫，深入浅出，游刃有余，深受学生喜爱。

讲台神圣，对讲台要有一种献身精神；讲台神圣，对讲台要怀有一种敬畏之心。

近代教育家陶行知先生这样称赞老师：捧着一颗心来，不带半根草去。人们曾经将老师赞誉为“人类灵魂的工程师”，因为老师像两头点燃的红烛，甘愿燃尽自己照亮别人，把全部的心血乃至生命都献给神圣的讲台，献给崇高的教育事业。

在我们北京大学这一方圣地沃土中，曾经出现过很多平凡而又伟大的老师。王选院士就是人民教师的优秀典范，科学工作者的杰出代表。他一生献身科学、淡泊名利，始终孜孜不倦地埋头于艰苦的教学科研工作，即使患病期间也没有停止过。他提携后学，甘为人梯，默默奉献，将毕生的精力和心血，都献给了科学事业和教育事业，献给了自己钟爱的实验室和神圣的讲台。20 世纪 80 年代他带领科研团队研制成功了汉字激光照排系统，这一贡献对于我们中华民族乃至全人类来说，都具有划时代的意义。我很赞同周其凤校长对王选院士的高度评价："我认为他比很多拿诺贝尔奖的人——至少对民族和华人的贡献更加了不起。"是的，把王选院士称为"民族功臣"，当之无愧！

再有，前面讲到的孟二冬教授，他从 2004 年 3 月 1 日起，到新疆石河子大学支教授课。讲课到了第二周，他的嗓子就开始沙哑，还伴着剧烈咳嗽。开始他每天吃药，仍坚持上课。但同学们发现孟老师的声音变得越来越微弱，到后来不用麦克风根本就听不到了；就这样一直坚持到 4 月 26 日支教的最后一节课。此时的他已经几乎不能发音了，但他还是强忍着疼痛讲完了最后一课。当下课的铃声响起，他在黑板上写下两行遒劲的板书：板凳甘坐十年冷，文章不著一字空。然后便踉跄着被学生扶下了讲台。教室里 138 名学生肃然起立，眼噙泪水，长时间热烈鼓掌，为他送行。已经几近晕厥的他被搀到教室门口时，用尽全身力气回头向学生们说：“同学们，再见！”最后望了望他热爱的学生，望了望他热爱的讲台。

这就是站在我们北大讲台上平凡的老师，不平凡的英雄！

这样的英雄还有新中国成立以来第一位博士学位获得者、北大数学系张筑生教授。从 1990 年开始直到去世，他与癌症搏斗了十余年：开始患的是鼻咽癌，后转移到肝部，肝癌引发腰以下浮肿，又得了严重的结肠炎，一天要上几十次厕所。为了在讲台上坚持一小时，他总是提早一天节食，上课当天则禁食禁水。人们劝他全休去医院治疗，他说：“你们让我去医院，就是让我去死！”对他知之甚深的夫人，跟学院领导恳求道：“他把工作和讲课看得比生命还重要。如果不让他上讲台讲课，就是要他的命！”

就这样一直坚持到了 2001 年 9 月，他身体虚弱得连路都走不成了，但仍然坚持上讲台。每次让夫人先叫来出租车，他艰难地一步一步挪上车，到教学楼前再挪下来，由夫人搀扶着一小步一小步走进教室。每节课在讲台上他都要拼尽全身的力气才能讲几十分钟，每次讲完，人都像虚脱了一般。2002年1月11日下午，已经失去方向感的张筑生教授，请几位研究生，将他抬进了北大第一教学楼208室，这是他的微分拓扑学考场，他坚持要亲自为37名学生监考。整整三个小时，他坐在那里一动不动，像是一尊雕像巍然屹立在讲台上，屹立在每一个学生的心中！考后，他将学生们的评语和成绩，很快批阅出来交到学院，自己便不省人事，被送进医院，2月6日与世长辞。

张筑生教授、王选院士、孟二冬教授，他们先后相继离开了我们，但他们一天也没有离开北大！他们像一尊尊雕像，永远耸立在北大的讲台上，耸立在北大人乃至全体中国人的心中，耸立在华夏大地上昆仑太行、黄山五岳的重重叠叠的峰峦里——不朽的师魂，永恒的雕像！

燕园教学随想

屈指算来，本人登上北大讲台已经三十八九年了。冬去春来，寒来暑往，晨昏朝夕，不敢有丝毫懈怠；个中甘苦，如鱼饮水，冷暖自知。断断续续的随想，零零星星的思绪，写出来与同侪朋辈分享。

作为教师，师德的第一个方面，窃以为就是对学生的爱。清华大学的校园里有一尊闻一多先生的雕像，雕像旁边镌刻着闻先生的一句名言："诗人主要的天赋是爱，爱他的祖国，爱他的人民！"我深服其言。附骥先贤前辈的话，我要说：老师的主要天赋也是爱，与爱他的祖国、爱他的人民相一致的，就是爱他的讲台，爱他的学生！

严是爱！爱学生，就是要严格要求。近些年我常给外国留学生讲中国文学史课，他们来自韩国、日本、泰国、新加坡、马来西亚、意大利、美国、塔吉克斯坦、俄罗斯、秘鲁、刚果（金）等。我对他们要求十分严格，不许迟到，不许旷课。我对他们说，只有两种情况可以请假：一是到机场接你父母来京或者送你父母回国；二是生病发高烧起不了床。除此以外，哪怕是校长找你有事你也可以拒绝。因为上课至高无上。我每周布置作业，即背诵中国古代优秀诗文，下次课前检查，背不上来的下次再继续背，直到背上为止。如果有无故不来上课的，我就课间给他（她）打手机，要求如果没有特殊原因必须立即赶过来上课。

我对他们说：你们来中国留学，我得让你们真正学到一点知识，学到中国的优秀文化。我要对得起你们的父母，对得起我的良心，对得起北大神圣的讲台！我对你们的严格要求：全是针灸意，绝无下棋心！（一般说来一个针灸医生的医术水平可能有高有低，但每一针扎下去，主观上都是希望患者能好起来；而所有下棋的人，则每走一步棋的目的，都是想尽快置对方于死地。）

北大每年课外有几百场讲座，形式多种多样，内容五彩纷呈，极大地丰富了学生们的业余生活，拓阔了人们的学术视野。北大课堂很严格，但北大的讲座很自由，谁来听都可以，这叫作“来者不拒”；听一会儿如果觉得对所讲内容兴趣不大，就可在不妨碍他人的前提下悄悄退场，这叫作“去者不追”。

好一个“来者不拒”，体现了北大人海纳百川、兼容并包的博大襟怀；好一个“去者不追”，体现了北大人尊重他人、崇尚自由的理念。对于演讲者来说，来者不拒，多一点人听，济济一堂，固然风光，但也不完全与演讲水平成正比。然而去者不追，则少不了有点遗憾，或许还有点汗颜；毕竟把听众讲少了不能算是成功的演讲。

大约是2007年春天的一个周五晚上，我应邀到北京外国语大学去作一次讲座。北外的一位副校长作为讲座的主持人，陪同我坐在教室里等到七点钟便正式开始演讲。教室很长很大，眼看三百人左右的教室陆续坐满，时间也快到七点了，这位副校长很客气地说：程教授，讲座可以开始了。我说：好。她看我空着两手问道：那您的讲稿呢？我说不用讲稿。她颇为惊讶。

无独有偶，我后来又听说过这样一件轶事：我们法学院一位教授到中央某机关去作讲座，该机关的领导十分重视，亲自来作主持。也是在时间快到时他问教授：您的讲稿呢？

该教授平静地回答道：不用讲稿。略作停顿，又补充说道：如果拿讲稿，那跟你们领导作报告还有什么两样？真是既谦和又充满自信，既从容又不乏傲骨。

我曾经跟我们北大文科老师们议论过这样一个看法：作为北大教授，都要能够一支粉笔讲一天；比较优秀的教授，要能够一支粉笔讲一周：杰出的资深教授，要能够一支粉笔讲一月；只有一支粉笔讲一年乃至一辈子的教授，才能称得上是真正的大师。

近些年为了提高各级领导干部的水平和素质，各种培训班应运而生，如雨后春笋；培训班有时也安排我讲一两讲。我在讲课前对他们说：不管原来职务是什么，现在都是学员；在北大听课，必须遵守北大课堂纪律。一是谁要喝水、喝茶，现在就去倒好，等会儿开始讲课时，不许随便走动——这是课堂，不是农贸市场。二是请把手机关掉（我的手机也关了，咱们是平等的）。不是调到静音振动，调到静音振动状态，是不影响别人，但会影响您自己，您的潜意识里还会想着有人会来电话或者短信；而关掉手机，您连这一潜意识也就一起关掉了，从而聚精会神地听课。浮生难得半日闲，难得有半天时间坐下来听老师讲课，你就不用再管其他事情了。如果谁接手机，就请他出去，而且不许再回来。——莫谓言之不预！您如果说：老师，今天上午我必须接一个重要电话。那么好，请您现在就出去。您上课时随意接电话，干扰了他人听课，也是对他人的不尊重。人与人之间要学会相互尊重，只有尊重别人，才能得到别人的尊重。

研究无禁区，讲台有纪律，这是毫无疑问的。作为学者，专业不同，研究的领域不同，研究课题是可以自由选择的；但研究成果的公开发表，却必须慎重，场合得有所区分。我们的学生十八九岁，世界观、人生观都处在逐渐形成阶段，需要老师积极引导、热情指导、悉心辅导。他们的心灵犹如白绢，染于苍则苍，染于黄则黄，为师者不可不慎也。学生是我们民族的未来，如果把我们的学生都培养成健康、乐观、阳光的心态，那么我们民族的未来就一定会洒满阳光！

洒爱在黑白世界里

2010年11月5日上午，北京钓鱼台国宾馆芳菲苑千人厅，第七届“北京论坛”开幕式和大会主旨报告正在这里举行。当最后一位主旨演讲嘉宾题为《明智的伦理抉择——是安全穿越生存瓶颈的唯一指南》的演讲结束时，全场掌声潮起，经久不息！这位演讲嘉宾就是北京大学生命科学学院教授、北京大学大熊猫及野生动物保护中心主任、北京大学崇左生物多样性研究基地主任潘文石。

潘教授近三十年来，将自己全部心血倾注于对珍稀动物大熊猫、白头叶猴、中华白海豚的保护上，不只是为中华民族也是为全人类的文明发展，作出了突出的贡献。读者朋友如果细一琢磨，你会发现被潘教授保护的这三种动物有一个共同点，那就是它们身上的颜色都是黑白分明：大熊猫的毛色黑白分明；白头叶猴幼时全身金黄，一岁后渐渐地身上毛呈黑色、而头部面部和尾部的毛却呈白色；中华白海豚幼时黑色，长大后灰色，而老壮时却全身白色。潘教授洒爱在这黑白世界里，执着坚定，从容淡定；于己无求，于人无怨，于事无悔；不管朝夕，日复一日；无论春秋，年复一年。

从 1980 年起，潘教授在卧龙和秦岭地区对野生大熊猫进行了长达 17 年的观测与研究，深入了解野生大熊猫的生存方式及生存压力，找出了大熊猫濒临灭绝的真正原因，为国宝大熊猫保存了一片自由安宁的栖息地，因此，人们亲切地称他为“熊猫爸爸”。此外，他还在灵长类濒危动物白头叶猴和有“海上大熊猫”美誉的中华白海豚保护方面，作出了不懈努力和卓越贡献。

他说：人类无法孤独地行走于天地之间，人类必须与万物众生同生共存。我们需要自然界，特别是那些看似荒野实为家园的地方。正是这些地方，诞生了我们人类这个物种。正是这些地方，成为万物生灵的伊甸园。也正是这些地方，成了庇护着我们子子孙孙赖以生存的洞天福地。

其实，人类也是地球上千千万万物种中的一个物种；人类的毛发也有一个特点，即幼年成年时基本上都是头发乌黑，而到了老年时大都是白发皤然。在这一黑白世界里，潘教授也同样真情洒爱。1996 年在广西西南部的崇左弄官山区，为了保护濒临灭绝的白头叶猴、保护当地的生物多样性，他认为做好这件工作的前提，就是得让老百姓过上温饱的生活。他奔走呼吁，身体力行，通过包括政府拨款在内的各种渠道，帮助农民修建了沼气池，用沼气代替了薪柴；停止了砍伐树木，使山区很快呈现出一片郁郁葱葱的景象。同时，逐步修建了乡村医院、小学、饮水工程，使弄官山区老百姓生活重获生机。十多年来，农民人均年收入增长了四倍，白头叶猴的数量也从原来的 96 只增长到 660 多只。被人们赞誉为“帮助了一片村庄，拯救了一群叶猴”。

中华白海豚，被世界自然保护同盟红皮书列为“极危物种”；而目前生活在广西钦州三娘湾的中华白海豚，是最后一个健康的、有希望的地理种群。所以我们既要发展经济，又要保护环境、保护这极危物种。2004 年，潘教授发现三娘湾地区被规划为工业开发区，他心急如焚，向地方政府建言献策，苦口婆心，锲而不舍，终于修改了原来的规划蓝图，为保护中华白海豚留出了空间。他说：没有经济增长的社会不是一个完善的社会，同样没有渔业生产的渔村生活只能是空洞的生活；只有当能够激发人们智慧和灵感的中华白海豚自由地巡游在海面上时，我们子子孙孙幸福快乐的生活才能得到保障。

潘教授从自身的利益扩大到民众的利益，从本民族的利益扩大到全人类的利益，从眼下这一代的利益扩大到子孙万代的利益——这是何等恢宏的胸襟，这是何等开阔的眼界！这是中华民族为人类的发展和美好的未来，所作出的何等睿智之举！

2010年春，北京大学“北京论坛”组织委员会和学术委员会把第七届“北京论坛”的主题，定为“文明的和谐和共同繁荣——为了我们共同的家园：责任和行动”。大家都觉得潘文石教授所从事的事业，与本次论坛的主题完全一致。潘教授几十年来的所作所为、所思所想，他取得的杰出成就，作出的突出贡献，他深刻而又超前的理念，他那种“民胞物与”的慈悲仁爱之心，让我们感到他不正是“北京论坛”主旨演讲嘉宾的最佳人选吗？于是，8月初，在校领导的带领下，我们冒着酷暑，奔赴广西去拜访潘文石教授。在群山环抱、绿树葱茏的弄官山区，我们来到了“北京大学崇左生物多样性研究基地”，见到了潘教授。他头戴一顶遮阳大檐帽，脚穿一双普通的鞋子，一身农民打扮，晒黑的脸上洋溢着孩子般的笑容。他开着一种特制的简易的车子，带我们去看白头叶猴，钻进山洞让我们看他们发现的古生物化石。午饭前后，他过一会儿就去猪圈，看看那头老乡在山里抓来送给他的小野猪。小野猪因为长牙嘴疼得不能进食，急得潘教授不知如何是好。当地老乡们都认识他，见面打招呼那亲切的样子，就如同潘教授是土生土长的邻里乡亲似的。他的那一双脚已经融入了那一方热土，他的那一颗心已经献给了大地上所有的生灵。我们都被他高尚的精神感动了，在依依惜别后的车上，我琢磨了两副对联，不恨平仄偶有不谐，唯憾浅言不能尽深意也。一曰：

崇左百万大山藏宝物
文石一生心血护生灵

一曰：

黑眼熊猫步履蹒跚憨态可掬实为国宝
白头叶猴身手敏捷机灵可爱诚乃世珍

在秦岭，在弄官山，在三娘湾，潘教授把真诚的爱无私地洒向那茂密的丛林，洒向那起伏的峰峦，洒向那辽阔的大海，洒向他一生挚爱的黑白世界！

纪念“诗圣”杜甫诞辰 1300 周年

唐代诗坛上伟大的诗人杜甫，诞生在唐玄宗登基的先天元年，即公元 712 年；今年（2012）正好是杜甫诞辰 1 300 周年。杜甫不仅在中国古典诗歌发展史上影响深远，而且在中华民族优秀传统的形成中地位突出，被后世尊称为“诗圣”。

尊为“诗圣”，是因为杜甫总是把自己的悲喜忧乐与祖国的兴衰荣辱紧密相联，息息相关，休戚与共。当祖国在“安史之乱”苦难中痛苦呻吟时，诗人与祖国一起流泪，写下了五律《春望》。诗曰：

国破山河在，城春草木深。
感时花溅泪，恨别鸟惊心。
烽火连三月，家书抵万金。
白头搔更短，浑欲不胜簪。

忧国而白的头发，因为日夜焦虑不停搔挠而短少得连簪子都承受不了了。而当叛乱者大本营被唐朝军队彻底捣毁、祖国有了转机和希望时，诗人欣喜若狂，唱出了“平生第一首快诗”——《闻官军收河南河北》。诗曰：

剑外忽传收蓟北，初闻涕泪满衣裳。
却看妻子愁何在，漫卷诗书喜欲狂。
白日放歌须纵酒，青春作伴好还乡。
即从巴峡穿巫峡，便下襄阳向洛阳。

今日的“喜欲狂”，是从蓄积已久的、为山河破碎而“愁欲绝”的心灵深处迸发出来的激情。杜甫的情感很少大起大落，举止很少狂举狂态，而当祖国天空阴云一扫时，诗人竟然像孩子似的手舞足蹈，狂喜难禁。杜甫的爱国热忱火一般的滚烫，而且终其一生，忠贞不渝。

尊为“诗圣”，是因为杜甫对人民诚挚的爱，对民生疾苦深切的同情，以人民之忧为忧，以人民之乐为乐。“穷年忧黎元，叹息肠内热。”(《自京赴奉先县咏怀五百字》)一年到头为百姓的疾苦而忧虑。他那千百年来震撼人心的十个字——

“朱门酒肉臭，路有冻死骨”，简直是一部中国封建社会的历史缩影，传达出诗人悲天悯人的博大情怀。他对贫苦人民的同情细致入微，感人肺腑。如《又呈吴郎》，诗曰：

堂前扑枣任西邻，无食无儿一妇人。
不为困穷宁有此，只缘恐惧转须亲。
即防远客虽多事，便插疏篱却甚真。
已诉征求贫到骨，正思戎马泪盈巾。

诗人对亲友吴郎说：那无食无儿的寡妇如果不是困穷到走投无路，哪能来打你的枣子呢？正因为她打别人家枣子自己提心吊胆惴惴不安，所以我们更要对她和蔼亲近。明末卢世漼评此诗曰：“杜诗温柔敦厚，其慈祥恺悌之衷，往往溢于言表。如此章，极煦育邻妇，又出脱邻妇；欲开示吴郎，又回护吴郎。八句中百种千层，莫非仁音。所谓仁义之人，其言蔼如也。”

尊为“诗圣”，是因为杜甫总是从自己的不幸，联想到他人的不幸、人民的不幸；而越是想到他人的不幸、人民的不幸，越是忘记了自己的不幸。他的《登岳阳楼》诗写道：

“昔闻洞庭水，今上岳阳楼。吴楚东南坼，乾坤日夜浮。”接下来诗人从自己的“亲朋无一字，老病有孤舟”——亲戚朋友没有一封信来，自己又老又病在孤零零的一条破船上，何等凄凉。但诗人在岳阳楼头纵目远眺，风烟迷茫的远方，戎马征战不息，百姓生活在水深火热之中——“戎马关山北”，于是老诗人禁不住“凭轩涕泗流”，眼泪鼻涕一起流。为谁而流？为天下的百姓而流，为苦难的国家而流。

杜甫著名的代表作《茅屋为秋风所破歌》，从自己的茅屋被秋风刮破写起，写到自己家境的窘迫：“布衾多年冷似铁，娇儿恶卧踏里裂。床头屋漏无干处，雨脚如麻未断绝。”何等不幸！但诗人却从自己的不幸中唱出了最伟大的心声：“安得广厦千万间，大庇天下寒士俱欢颜，风雨不动安如山。呜呼！何时眼前突兀见此屋，吾庐独破受冻死亦足。”多么崇高而又壮丽的襟怀！多么伟大的利他主义精神！中唐诗人白居易的夫人新做了一件布裘，诗人穿在身上暖和和的，于是写了一首五言古风《新制布裘》，最后六句写道：

丈夫贵兼济，岂独善一身。
安得万里裘，盖裹周四垠。
稳暖皆如我，天下无寒人。

我们说白居易也很了不起，自己暖和了，希望天下所有的寒人也都能暖暖和和。但宋人黄彻评价白居易是“推身利以利人”，不及杜甫“宁苦身以利人”。——中国古代也不知有多少诗人，但人们就只称杜甫为“诗圣”，“诗圣”就“圣”在这里！

1961 年 12 月，在瑞典首都斯德哥尔摩举行的世界和平理事会主席团会议上，杜甫被列为 1962 年（杜甫诞辰 1 250 周年）纪念的世界文化名人之一。1982 年在杜甫诞辰 1 270 周年，我们北京大学中文系在学校办公楼礼堂，召开了隆重的纪念大会。而今年正好是杜甫诞辰 1 300 周年，学界应该更加隆重地纪念一番。近来，从网上信息中得知成都杜甫草堂博物馆和西安等地正在筹备纪念活动，甚善。同时在网上我们也发现有个别无知者无耻地恶搞杜甫，真是“不知群儿愚，哪用故谤伤”（韩愈《调张籍》）！

一位伟大的利他主义者，是不应该被人们淡忘，更不能被历史遗忘的。感念于此，特撰小文。古语曰：“日月出矣，而爝火不息；其于光也，不亦难乎。”（《庄子·逍遥游》）余自知小文如爝火萤光，微不足道；然在杜甫诞辰 1 300 周年之际，不写几句以表纪念，寸衷难安也。

纪念叶嘉莹先生从教 70 周年

今天我们欢聚一堂，热烈祝贺叶嘉莹先生荣获加拿大阿尔伯塔大学授予的荣誉博士学位！热烈祝贺叶嘉莹先生从教 70 周年！

我是北大中文系老师，《北京大学学报》主编。遥想 36 年前，当年 56 岁的叶嘉莹先生首次回国讲学，来到北京大学，中文系领导让我这个留校不久的青年教师协助做接待工作。是我，用自行车带着叶先生去游览了正种着水稻的荒凉的圆明园遗址。这些年来，我对叶先生的崇敬之情与日俱增。感谢大会让我发言，我想从以下三个方面称颂叶嘉莹先生——一是大才，二是大师，三是大家。

首先说“大才”。

叶先生家学渊源深厚，国学功底扎实，兼通中西，融汇古今，在中国古典文学研究领域里，叶先生既对中国优秀的传统文化，包括文学、历史、哲学、儒学、小学、诸子百家等，谙熟于胸，讲论起来如数家珍；同时，又对西方文学理论、艺术思想、学术流派等，了如指掌，运用起来得心应手。像叶先生这样将中西文化集于一身的人，可谓是凤毛麟角，举世难求。

我们称颂叶先生大才，还在于她不仅在古代文学学术研究方面，纵横捭阖，领域广泛，成果丰硕，著作等身；而且在诗词创作方面，也造诣精深，名篇如云，信口吟咏，咳唾成珠。中华书局出版了她的《迦陵诗词稿》，多次印刷，很受读者欢迎。迦陵诗词中，不但绝句、律诗、令词、古调，清新自然，炉火纯青，而且长篇巨制，倍见功力。其中，1974年返国探亲旅游时，所作七言古风《祖国行长歌》，长达266句（其中有4句是长句），共1 878个字，洋洋洒洒，一气呵成，文脉畅通，一泻而下。我们知道，在《全唐诗》中，七言歌行的名篇，如白居易的《琵琶行》，只有88句，616个字；《长恨歌》也只有120句，840个字。《全唐诗》中最长的诗，可能就数韦庄的《秦妇吟》，长达238句，1 666个字；而叶先生的《祖国行长歌》比韦庄的《秦妇吟》还多28句，212个字。真可谓古今诗坛罕见，令人击节称奇——诚非大手笔、大才华不能为也！

其次说“大师”。

叶嘉莹先生一生的主要职业是教书，她自己说过：“一生从事教学工作，虽在流离艰苦中，未尝间断。”三尺讲台，传道授业解惑；一生清贫，著书演讲授徒。登上讲台授课，是她人生最大的乐趣；培养优秀学生，是她事业最高的追求。70年来，她的讲台遍及美国的哈佛大学、耶鲁大学、哥伦比亚大学、密歇根大学、明尼苏达大学等，以及马来西亚、日本、新加坡等地若干所大学；国内叶先生讲过学的大学更多，除北大、南开外，还有北京师范大学、天津师范大学、南京大学、南京师范大学、复旦大学、华东师范大学、四川大学、云南大学、黑龙江大学、兰州大学、武汉大学等数十所大学。特别是1987年，应北京辅仁大学校友会和中华诗词学会、中国国际文化交流中心等联合邀请，叶先生在当时的国家教委礼堂，举行唐宋词系列讲座，一讲数日，一票难求；盛况空前，誉满京华。

叶先生讲课口若悬河，思路清晰；资料翔实，信手拈来；思想深刻，启人心智；激情澎湃，诲人不倦；极富有感染力和启发性。我在担任北大社科部部长期间，曾经跟我们北大文科老师们议论过这样一个意思：我认为作为北大教授，都要能够不用讲稿，一支粉笔讲一天；比较优秀的教授，要能一支粉笔讲一周；杰出的资深教授，要能一支粉笔讲一月；而只有一支粉笔讲一年、乃至讲一生的教授，才能称得上是真正的“大师”。——叶嘉莹先生就是这样一位真正的大师！这样的大师，具有十分深厚的学术积淀，厚积薄发，游刃有余；具有经过自己深入研究、反复思考而获得的“干货”，思想深邃，目光如炬。所以腹中孕育和结晶出来的珍珠，才能如“江上之清风，与山间之明月”，“取之无禁，用之不竭”；所以才能常讲常新，永远鲜活；引人入胜，发人深省。

最后说“大家”。

我曾在我的一篇小文中讨论过“大家”和“名家”。我以为所谓“名家”，就是在某一个领域里才华出众、卓有成就、出类拔萃、声名显赫者，“名家”只要有大聪明、大功夫就可以了。而所谓“大家”，则不仅仅要有“名家”那样的大聪明、大功夫，更重要的是要有大胸襟、大境界！所谓大胸襟、大境界，我以为就是在考虑问题时，能够为了他人，不为自己——此乃圣人情怀；或者是多为他人，少为自己——此乃“大家”情怀。我们北大学术大师季羡林先生生前曾经说过：所谓“好人”，就是“考虑别人比考虑自己稍多一点”；而我们北大研制成功了汉字激光照排系统、对我华夏文明乃至全人类文明作出了划时代的巨大贡献的民族功臣王选院士，则退一步讲了这样一句话：我觉得还可以把季老的“好人”的标准再降低一点，所谓“好人”，就是“考虑别人与考虑自己一样多”。在想到自己的同时也能够想到他人，这也就是好人了——这就是大胸襟！这就是“大家”！

叶嘉莹先生就是这样的一位“大家”。她在海外几十年，一直念念不忘故国故乡故土，像唐代“诗圣”杜甫那样：“孤舟一系故园心”，“每依北斗望京华”（《秋兴八首》）。一旦回到阔别已久的故国，叶先生在《祖国行长歌》中动情地唱道：“一朝天外赋归来，眼流涕泪心狂喜。”——这是真正的大爱，这是真正的“大家”情怀！

叶先生的“大家”情怀，还表现在她的无私奉献上，表现在她的利他主义上。1993年，叶先生在南开大学创办了“中国文学比较研究所”，自1999年起，改名为“中华古典文化研究所”。为了创办这个研究所，叶先生慷慨解囊，将自己的退休金的一半——即十万美元捐献出来，建立了“驼庵奖学金”和“永言学术基金”，用以吸引和培养国内优秀人才，从事中国古典文学方面的普及和研究工作。朋友们，二十多年前的十万美元，是一个什么样的数字啊！这可是叶先生一生的血汗钱啊！为了国学人才的培养，为了学术事业的繁荣，叶先生捧出了自己的一颗赤子之心！这不仅仅是南开大学之幸也，也不仅仅是古代文学研究事业之幸也，此乃我华夏民族复兴大业之幸也！

各位来宾，各位朋友，我们知道，按照国际惯例，在国际交往的迎宾礼仪中，迎接国家元首的最隆重的礼节、最高的规格，就是鸣放礼炮 21 响。叶嘉莹先生是一位大才，大师，大家！大才，大师，大家，就是一个大人——一个大写的人，一个仁者长寿的大写的人！今天，是叶嘉莹先生从教 70 周年庆祝大会，我们应该超过上面的国际规格，鸣放 70 响礼炮，为她热烈祝贺！

再过八年，就是叶先生一百岁华诞！到了那一年，我提议：在座的朋友们，让我们再一次欢聚南开大学，一个也不能少；不但不能少，而且还要带上自己的儿女子孙，五代同堂，届时让我们鸣放礼炮一百响，庆祝叶嘉莹先生百岁华诞！祝福她老人家福寿康宁！

2015 年 10 月 18 日于南开大学东方艺术大楼

赘笔：

2015年10月17日，在南开大学96周年校庆日当天，为著名学者叶嘉莹先生修建的“迦陵学舍”正式启用，叶先生定居于南开园。2015年是叶嘉莹先生从教70年，除了迦陵学舍启用仪式外，南开园内还举办了加拿大阿尔伯塔大学授予叶嘉莹先生荣誉博士学位仪式和叶嘉莹古典诗词教育思想研讨会。笔者应邀出席上述活动前，承蒙叶老垂青，指派我在纪念她老人家从教70周年的庆祝大会上，代表全国高校同行发一个言，于是就有了以上这个致辞。今借学报（《北京大学学报》2016年第1期）余页发表，以表崇敬之情，并存纪念之意！

水的启示（上）

水，从科学的意义上来解释，就是由两个氢原子和一个氧原子结合而成的氢氧化合物；是无色、无臭、无味的液体。在一定条件下，也以固态或气态形式存在。水是生物机体不可缺少的组成部分。

水乃生命之源。如果没有水，任何生命最终都是无法生存的。“水是人世间最寻常、最重要之物。说最寻常，是因为水在生活中随处可见。说最重要，是因为水是生命之源，是动植物机体中不可缺少的组成部分，与阳光、空气并称生命的三大要素。”（李光宇《“上善若水”可鉴》，载《中国纪检监察报》2006 年 5 月 27 日）

水又是智慧之泉。“那个表面上与世俯仰、安时处顺、显得软弱的自然人格，不正是在无为的表面下实现无不为的巨大目的吗？这就是道家的智慧。”（周海平《魏晋名士人格论》，苏州大学出版社 2003 年版）水能给人们很多有益的启迪，诸如“沧浪之水清兮，可以濯吾缨；沧浪之水浊兮，可以濯吾足”（《孟子·离娄上》）。人之清浊，原在于自处、自取。又如水能随物赋形，就于方则方，就于圆则圆；不拘一格，灵活自如。人生在有些时候、有些事上，必须旗帜鲜明，坚如磐石，守贞保节，效法山之坚定；而在有些时候、有些事上，又必须随机应变，随遇而安，随缘自适，学习水之灵活。

再如，《荀子·王制》曰：“传曰：‘君者舟也，庶人者水也；水则载舟，亦则覆舟。’此之谓也。”唐人魏徵由此感悟到民众是决定国家兴亡的主要力量，曰：“怨不在大，可畏惟人。载舟覆舟，所宜深慎。”（《旧唐书·魏徵传》）民众就像水一样，其中蕴含着巨大的能量；安顺时他们能负载着大船前行，一旦被惹怒了，就难免覆舟之灾。春秋战国时的智者，还从“川壅而溃，伤人必多”中，发出“防民之口，甚于防川”的警示，总结出“为川者决之使导，为民者宣之使言”（《国语·周语·邵公谏弭谤》）的千古真理。使社会稳定和谐的根本大计，就在于让天下百姓讲话。古往今来，扩大到古今中外，皆然。

老子《道德经》曰：“上善若水，水利万物而不争。”

有利万物而不争己利的精神，正是道家思想精髓中的上乘境界。《道德经》又曰：“江海所以能为百谷王者，以其善下之。”善处其下，广纳百川，才会有江之滚滚无尽、海之浩浩无边的壮观。满招损，谦受益；虚怀若谷，才能充盈丰富。人们正是从“泰山不让土壤，故能成其大”和“河海不择细流，故能就其深”中，体悟到“王者不却众庶，故能明其德”（秦·李斯《谏逐客书》）的治国安邦的大道理。

水至柔，亦至刚。一方面，世界上恐怕没有比水再柔再弱的东西了。一滴水，晶莹剔透，柔弱不堪，如果离开了江河湖海，瞬息间即干涸；但如果千千万万滴水汇聚到江河湖海中，就会孕育出惊天动地的力量。平静时，仿佛一点力量也没有；可是一旦大风推涌，潮汐暗助，或者山洪汇聚，决堤而泻，便会在很短的时间内，产生无穷无尽的能量，摧枯拉朽，所向披靡；移山倒海，逆之者亡；直令天地无奈，教日月失色。从这方面来看，世界上恐怕没有比水再刚再强的东西了。试看人类历史上的多少沧桑巨变，造成的原因既不是人为的力量、动物的力量，也不是风的力量、火的力量，而是水的力量。不同民族文化中的洪水传说，正好共同印证了这一史实。

水又是变化莫测的。它的常态是液体，有时澄澈纯净，一尘不染，可比君子之善；有时又随外物变化而变化，染于青则青，染于黄则黄；甚至同流合污，藏污纳垢，甚过小人之恶。水又可以化为气体，至轻、至微，在空气里隐而不见；或者化为云彩，随风飘荡，斯须变幻如苍狗。水还可以凝结成冰，至硬无比，牢不可破；就连用钢铁建成的船舰，在冰山面前，也显得形同薄木，不堪一击。

水之变幻神奇，还表现在它总是给人以倒影。一则真实无隐，如实反映，毫不隐瞒，映进去是什么，反映出来的就是什么。二则却又都是反着映现出来的，任何真实的事物经水一反映，左变成了右，上变成了下；这种率真的颠倒，铁面无私，公开公正，不偏不倚。正入其中，反着映出，人间万物，概莫例外。

水的行迹可称为“玄妙”，“水来自‘不胜寒’的高处，那是俗人不敢想象的地方；水在山间聚成小溪，谁也不会想到这么涓细的东西不停地流有何意义，她会流向何处，远在人居之外的大海是山里人从未见过、谁也不知的地方。来自拔尘高处，奔向遥远梦想，这就是充满艺术精神的道家的自然人格”（周海平，同前所引书）。

最后，请欣赏几副用描摹刻画水来抒怀言志的著名楹联，诸如：

水能性淡为吾友
竹解虚心是我师

水因善下能成海
山不争高自极天

大海有真能容之量
明月以常不满为心

类此等等。蕴含哲理，回味无穷！

让我们对水存一分敬畏之心！存一分感恩之心！存一分护卫之心！

水的启示（下）

2007年秋天，我与中文系两位师友到颐和园东南新宫门外的“百合素食”小聚。这里院落环抱，曲径通幽，几窗古朴，竹帘半垂。院内有一小池，池中荷花渐残，然池边秋草尚绿。午阳和煦，清风徐来，一切自然朴素，宁静和谐。室内装潢亦清新素雅，别致不俗，颇有品位。尤其是在门厅里竟摆放着若干种新印的中国传统典籍，还有一些让顾客自由选取的、印得颇为讲究的单页材料，更显不俗。

单页材料中有一张白纸绿字，无所谓正反面（正亦是反，反亦是正也）。一面印着“半部《论语》治天下的由来”，宣扬儒家思想；另一面则印了老子《道德经》中的一段话，宣扬道家思想；儒道兼营，一纸而得我传统国学之两大要义，令人不得不对小店主人刮目相看。

这条《道德经》语录是：

上善若水，水善利万物而不争，处众人之所恶，故几于道。居善地，心善渊，与善仁，言善信，正（政）善治，事善能，动善时。夫唯不争，故无尤。

这段话的下面有简要的解释。我参考这些解释，又查找了今人对这段话的一些注释，加上自己的理解，补充发挥，而成《水的启示》（载《北京大学学报》哲学社会科学版 2007 年第 3 期）续篇，但愿非续貂之某尾也。

以上这段语录，见老子《道德经》第八章。今人陈鼓应先生译为："上善的人好像水一样。水善于滋润万物而不和万物相争，停留在大家所厌恶的地方，所以最接近于'道'。居处善于选择地方，心胸善于保持沉静，待人善于真诚相爱，说话善于遵守信用，为政善于精简处理，处事善于发挥所长，行动善于掌握时机。正因为有不争的美德，所以没有怨咎。"（《老子注译及评介》中华书局 1984 年版）陈先生认为：这是用水性来比喻上德者的人格。水最显著的特性和作用：一是柔；二是停留在卑下的地方；三是滋润万物而不与相争。

水是生命之源，有水才有生命；水具有滋养万物生命的德性。它能使万物得它的利益，而不与万物争利。老子认为“不争”便是水的最高德行；正因为“不争”，不为利益欲望所驱动，无欲无求则无往而不胜，无以代替也：“天下莫柔弱于水，而攻坚强者莫之能胜，以其无以易之。”（《道德经》第七十八章）水甘愿自居下流，藏垢纳污而包容一切，不顾清浊，不计得失。所以老子形容它“处众人之所恶，故几于道”，以成大度能容的美德。

所谓“居善地”，指一个人的行为应该做到如水一样，善于选择适合的地方而自处，行止不争，避高处下，甘居下地而无怨言，默默积蓄力量，最终以至柔克至刚。在《道德经》的第六十一章中老子又曰，“大邦者下流”，“大者以为下”；第六十六章中又曰，“江海所以能为百谷王者，以其善下之”。老子从水的包容万流、谦居下游、终成为百谷之王的生性中，引出了治国安邦的大道理。

所谓“心善渊”，指一个人的心境要修养到藏心微妙，像深渊的水一样，善于深沉静默而不可测。汉代贾谊《鹏鸟赋》中也有“澹乎若深渊之静”，语意正若。所谓“与善仁”，是指一个人的行为应该修养到同水一样，以大仁爱的精神善待大自然万物，毫无保留地奉献出自己而有助万物的生长；且施予而不求报，兼爱而无所私；于己无欲，利他即可。所谓“言善信”，是指一个人言有征而不爽，说话要如同潮水一样准时有信；中国人推崇“守信如潮”，因为海潮的涨落时刻，一天天总是准时无误。所谓“正（政）善治”，指为政治国要像水一样清静自正。所谓“事善能”，是指一个人担当做事要像水一样调剂融合，各显其长。所谓“动善时”，是指一个人行动要善于把握时机，适时而动，如水一样随着动荡的趋势而动荡，跟着静止的状况而安详澄止。

最后总括为“夫唯不争，故无尤”。总之，最基本也是最高的原则便是与物无求，与世无争，与时无忤，结果便永无过咎而安然处顺。

我曾在书店购得一本吉林文史出版社出版的书，书名叫作《水是最好的药》，作者是美国 F. 巴特曼医学博士，他将毕生的精力致力于研究水的治疗作用。他不用药，仅用水（喝纯净的天然水，而不是喝茶、咖啡和工业化生产的饮料），就成功地治疗了过敏症、心绞痛、哮喘、关节炎、头痛、高血压、溃疡以及其他多种慢性疾病。他在第一章中写道：“我常对一些病人说：‘你没有生病，只是渴了。’每当这时，患者总是惊讶万分，半信半疑。其实，生活往往就是这样的，我们常常把简单的事物复杂化，复杂到连自己都懵懂的地步。身体缺水不仅会发出口渴的信号，还会发出各种各样的患病信号。”他的这一研究成果，被称为“一个震惊世界的医学发现”。他的《水是最好的药》一书，已被翻译成16种语言，畅销全球，仅在美国就已印刷了35次；甚至有人将这本书与《圣经》相提并论。——这些说法，我总觉得好像有点玄！万事万物皆有度，适度则“是”，过了度恐怕就“非”了。

水，真是平常至极，又宝贵至极、神奇至极。它是最廉价的，生活中到处都可以得到；它又是最昂贵的，是世间万物宝贵的生命所不可或缺的。它给我们的不仅有理性的启迪，精神的昭示，心灵的洗礼，诗意的呼唤；而且还给我们以物质的保障，健康的馈赠，生命的存在，种群的延续。

末了，我要在大声地礼赞水的平凡而伟大的同时，再一次诚挚地吁请我的同类：让我们对水存一份敬畏之心！存一份感恩之心！存一份护卫之心！

火的启示

火，原本指物体燃烧时所发出的光和焰。人类文明进化的历史表明，原始人类不知用火，只能连毛带血生食禽兽，被称为“茹毛饮血”。《礼记·礼运》曰：“未有火化，食草木之实，鸟兽之肉，饮其血，茹其毛。”钻木取火或者敲击石镰取火，是人类步入文明时代的一个显著标志。汉代班固《白虎通·号》曰：“钻木燧取火，教民熟食。”有了火，人类才开始吃熟食；这是人类走向文明的一个重要环节。

相传远古时代人间本来没有火，古希腊神话中说是普罗米修斯从天上盗取火种带到人间的，从而给人间以光明和温暖。他却因此举触怒了主神宙斯，而被用铁链锁在高加索山崖上，每日白天遭受神鹰啄食肝脏，夜间伤口愈合，天明神鹰复来啄食，如此日复一日。但他宁受折磨，绝不妥协。在欧洲文艺作品中，盗火的普罗米修斯一直是一个不惜为人类的幸福而牺牲自己的英雄人物。

火，是五行之一。我国古代称构成各种物质的五种元素是水、火、木、金、土，统称为五行；古人常以五行来说明宇宙万物的起源和变化。《孔子家语·五帝》：“天有五行，水、火、金、木、土，分时化育，以成万物。”战国时，有五行相生相克说。相生，谓一物对另一物起促进作用，五者互相生成：木生火，火生土，土生金，金生水，水生木。相克，谓一物对另一物起抑制作用，五者互相克制：水克火，火克金，金克木，木克土，土克水。五行说具有朴素唯物论和自发的辩证法因素，对于古代的天文、历数、医学等发展起了积极作用，在中国传统文化中影响很大。古希腊哲学家赫拉克利特也曾说过一句名言：“世界是包括一切的整体，它不是由任何神或任何人创造的，它过去、现在和将来都是按规律燃烧着，按规律熄灭着的永恒的活火。”（转引自《列宁全集》第38卷第395页，人民出版社1959年版）他用“永恒的活火”说明事物的变动不息和世界的联系与发展，这与中国的“五行”相生相克说有异曲同工之妙。“永恒的活火”的形象比喻，被列宁评价为是“对辩证唯物主义原则的绝妙说明”(《列宁全集》)。

《尚书·盘庚上》又曰：“若火之燎于原，不可向迩。”后遂有成语“星火燎原”，用来预示新生事物由小到大具有蓬勃发展的生命力和无限光明的前景；另一方面也启示人们："天下事皆起于微，成于慎。微之不慎，星火燎原，蚁穴溃堤。"（清·严有禧《漱华随笔》）本来微小的事物处理不及时，便可能导致不可遏制的结果。当其星星之火时，只需一抔土或一杯水就可以将其熄灭；可一旦燃烧成燎原之势，其威力就不可想象：火趁风势，风助火威；摧枯拉朽，无坚不毁。三国时曾有"火烧赤壁"的著名战例，"谈笑间，樯橹灰飞烟灭"（宋·苏东坡《念奴娇·赤壁怀古》）。赤壁的那把火，至今仍映照得中国历史"满江红"。

又有《庄子·养生主》中曰："指穷于为薪，火传也，不知其尽也。"王先谦集解："形虽往而神常存，养生之究竟，薪有穷火无尽。"因以"火传"比喻养生者随变任化，与物俱迁，形体虽有生灭，而精神如火种绵延不绝。成玄英又疏曰："前薪虽尽，后薪以续，前后相继，故火不灭也。"后以"薪尽火传"比喻师生传授品质、道理或学问、事业，一代一代传继不绝。

火的一个特性便是永远在动，永不停止，除非熄灭成了灰烬。永远变化，永不重复，永不雷同；火在燃烧时的闪烁跳动是永恒的，只有成了灰烬方始休止也。火的另一个永不改变的特性便是永远发光发亮。不管是大火、小火，是火就明亮。此外，火在燃烧的同时能够释放出热量，给人以温暖和诸多便利。当然，热量过之，则可能灼人伤物，又为患矣。

火的这种为了给人类光明和热量，而不惜损毁自己的属性，给人们以一种利他主义精神的美好启迪：人们常常把教师比喻为燃烧着的红烛，点燃了自己，照亮了他人；损毁了自己，成就了他人。为了照亮他人，成就他人，心甘情愿地燃尽自己，在自我损毁中获得永生。

火能给人以信心和希望。当人们在茫茫风雪、漫漫长夜里长途跋涉、疲惫不堪的时候，如果远方突然闪烁出一团火光，那就是希望；跋涉者会信心大增，顿时产生无穷的勇气和力量。

今人梁遇春先生于1929年元旦试笔时曾写过《观火》一文，虽然已经过去八十个春秋了，但仍值得推荐。文中有以下一段智慧的睿语："火是一部无始无终、百读不厌的书，你哪会看到两个形状相同的火焰呢！""我每回看到火，心中常想唱出赞美歌来。"梁先生极喜欢唐南遮（D'Annunzio）的长篇小说《生命的火焰》（*The Flame of Life*），击节称赞该书的"名字是多么含有诗意，真是简洁地说出人生的真相。

生命的确是像一朵火焰，来去无踪，无时不是动着，忽然扬焰高飞，忽然消沉将熄，最后烟消火灭，留下一点残灰，这一点火焰就再也燃不起来了。我们的生活也该像火焰这样无拘无束，顺着自己的意志狂奔，才会有生气、有趣味。我们的精神真该如火焰一般地飘忽莫定，只受里面的热力的指挥，冲倒习俗、成见、道德种种的藩篱，一直恣意干去，任情飞舞，才会迸出火花，幻出五色的美焰。”（原载 1929 年 12 月 13 日《语丝》第 5 卷第 41 期）

呵！火啊，圣哉！透亮的火，美丽的火，神圣的火！愿人生如火，光明而又热烈；愿生命如火，短暂但却绚烂！

我写《考场歌》

记得1995年9月到1996年1月，我给西语系、东语系、俄语系一年级新生开设“中国文学史”课，讲授先秦两汉至隋唐五代文学史。第一堂课我便开宗明义对大家说：“讲课时我是你们的老师，一定严肃认真，一丝不苟；下课后我是你们的朋友，一定平等相处，与人为善。平时学习上严格要求，决不迁就；最后考试时绝不有意为难大家。”期末考试时，适值校方抓考试纪律，对此我十分赞同。

那天（大约是1996年1月10日前后）的考试是在一教201阶梯大教室，三个系学生共111人，隔位就座，济济一堂。按照一般要求，老师先得宣读考场纪律；但我想纪律条文大家肯定早就听过了，于是灵机一动，即兴匆成了一首《考场歌》，亦雅亦俗，半庄半谐。我用粉笔把这首歌写在大黑板上，右起竖写，四字一句，一句一行，正好写了满满一黑板。当抄写完毕时，教室里响起一阵热烈的掌声；

那一张张充满稚气的纯真笑脸，使我心头一热，一句话也没说，便依次把试卷传发下去。结果这次考场秩序出乎意外地好，无一人违反考场纪律，更没有人作弊。站在讲台上，望着同学们低着头奋笔疾书的身影，我就像一个站在田埂上的农民，望着一片迎风低垂的谷穗，“有风自南，翼彼新苗”（陶渊明《时运》）——心中充满了丰收在望的喜悦和激动！

我写的《考场歌》及跋语是：

燕园学子，人中龙凤；身经百战，从从容容。
笔走龙蛇，文思泉涌；寥寥数题，笑谈之中。
遵守考纪，严肃校风；因小失大，徒然无功。
临场赋诗，肺腑相送；瓜田李下，请君自重！
春华秋实，来自劳动；有限人生，无上光荣！

《考场歌》一曲，与诸生共勉！
慎之慎之，毋负吾殷殷之望也！

岁月不居，时节若流，一晃这已经二十多年前的事了，但一想起来，那情景依然历历在目。后来，学校教务部门曾将此作为典型例子上报给教育部有关主管部门；我校招生办公室还曾把这首《考场歌》写入新生入学手册。2009年5月下旬临近期末时，教务部在号召学生遵守考纪的公开信的结尾处，又附上了这首《考场歌》，经《新京报》一扬，还在网络上漾起了一阵小小的涟漪。

考试，指用某种方式对人的知识才能进行考查测验。此词本出于《汉书·宣帝纪》："自丞相以下，各奉职奏事，以傅奏其言，考试功能。"在中国历史上以考试的方式来选拔人才的制度叫科举制。科举制始于隋代文帝开皇十八年（598），隋炀帝时开始"置明经、进士二科"。从此，以"试策"取士的科举制度，在中国的选举任官史上打开了新的一页。

我国迄今为止保存最完好的古代科举考场，便是坐落在南京秦淮河夫子庙地区的"江南贡院"。江南贡院始建于南宋乾道四年（1168），至今已有八百多年历史。贡院门前有两副相传为李渔撰写的对联：

圣朝吁俊首斯邦看志士弹冠而起

天府策名由此地喜英才发轫而前

十载辛勤变化鱼龙地

一生期许飞翔鸾凤天

贡院占地约30万平方米，考生号舍多达20 644间，是我国封建社会中最大的科举考场。（参见周道祥编著《江南贡院》，中国物资出版社1999年版）科举制度在中国整整实行了一千三百多年，直到清代光绪三十一年（1905），慈禧太后根据张之洞等人的建议，颁诏“自丙午科为始，所有乡、会试一律停止”。科举制才最终宣告结束。

这里无意去评价科举制的功过得失，但科举制的结束，并不代表考试方式的结束。实际上直到今天，我们依然以考试的形式来选拔各种各样的人才，特别是规模最大、影响到千家万户的每年6月7、8、9日（2003年以前一直是7月7、8、9日）的全国统一高考。考试确实有这样那样的弊端，任何考试都不能准确地检测出一个人全部的资质和才能，尤其是一次考试定终身，更是在各种各样偶然因素的作用下埋没了一些英才（当然，真正的英才终究是会在人生的旅程中崭露头角的——是金子总会发光的）。

但通过考试来选拔人才，也有其合理的因素。考试毕竟是对人的知识、才能、智慧等的一种检测，考试也起到了促进人们努力奋发的积极作用。特别是考试给人们提供了一个公开、公平、公正的竞争机会，使得贫寒无势的下层百姓之子，能够凭借聪明才智通过高考而得以“鲤鱼跃龙门”。我曾经作为北大招生组成员到有关省市去做招生宣传工作，天下学子对我北大的向往仰慕之情令人感动！家长们问得最多的话就是：老师，我们的孩子从小就梦想上北大；如果高考成绩与你们北大的分数线差几分，我们多缴一些钱行不行？我诚恳而又毫无余地地回答他们：如果您的孩子考试成绩在全省最前列，哪怕您家贫无分文，我们也一定把您的孩子揽入北大怀抱；这是我们郑重的承诺！相反，您就是家财万贯，我们也决不会丧失原则，多少钱也换不到一分考分。

话再说回来，我还想再讲一层意思，那就是考试除了对我们的专业知识掌握程度和才华智慧的检测外，也是对我们品行和素质的考验。诸如迎难而上的自信，临场不乱的镇定，先易后难的筹划智慧，反复检查的精细作风等，而其中最重要的乃是对是否诚实做人的一个检验！一个在考场上作弊的人，如果以后不改正，那么在他未来的人生道路上很难有大作为！遥想三十多年前，在一次成人业余大学考试的考场上，我曾临场口占过这样的一绝：

笔走龙蛇舞，纸短文思长。
考场小世界，人生大考场。

我的短语一束

汉语中以“一束”称物者，或称鲜花，曰“一束鲜花”；或称稻谷，曰“一束谷穗”；或称野草，曰“一束茅草”，等等。余自称自己的短语为“一束”，希望如果不能像鲜花一样美好，也争取像稻谷一样有用；当然也许只能像茅草一样效用甚微。在以下这一束束短语中，或许有一支是鲜花——浓绿枝头红一点，动人春色不须多；或许有一穗是稻谷——历尽雨雪风霜苦，奉上果实饱苍生；肯定有不少是茅草——纵然物微无大用，也能筑屋挡风寒。——倘若能如此，则吾愿足矣！

本意主要是自勉，亦意在与人共勉。

是为题记。

我以为，在人的所有素质中，善良乃是一个人最基本的素质。

如果把我们的人生比作一幅图画，那么，善良就是人生这幅图画最靓丽的底色。——朋友，你可得给你自己、特别是给你孩子的人生图画抹上一层靓丽的底色，不能抹灰色的，更不能抹黑色的。孩子们的心灵犹如白绢，染于苍则苍，染于黄则黄，不可不慎也！

在人与人的交往中，一个人如果真正做到了“忘我”（总是忘记自己的得，忘记自己的利，忘记自己的各种各样的好处等），那么他就永远不会被别人忘记！

而一个不被别人忘记、总让人温馨回忆着的人生，该是多么幸福的人生！

思念，是一种幸福！思念他人，是一种幸福；被别人思念，也是一种幸福。人生最落寞的就是：他从来不思念别人，也没有一个人思念他。

总是惦念关心别人，是一种美德；总是被别人惦念关心，则是一种幸福！

如果一个人活着的时候，能够让人刻骨铭心地思念，那么他的生命便有了双倍的价值；如果一个人去世以后，还能够让人刻骨铭心地怀念，那么他的生命便在活着的人心中延续！——他没有离去，每一个怀念他的人的心田，都是他的生命继续活着的土壤。

一个人如果只为自己做事，做成事，做成好事，做成大好事，那是你的“才”，那是你的“能”，那是你的“才能”；而一个人如果为他人、为百姓、为社会做事，做成事，做成好事，做成大好事，那才是你的“德”，那才是你的“行”，那才是你的“德行”！

学会感恩，你会变得快乐；学会感恩，你会变得更美；学会感恩，你会变得成熟；学会感恩，你会由此派生出很多美德。从某种意义上讲，一个人只有学会了知恩、感恩、报恩，才意味着这个人的人格开始健全起来。

让我们的孩子的人格早日健全起来吧！请对他（她）说：孩子，报答父母、报答亲友，那是小报恩；报答我们的民族、报答我们的祖国、报答我们的人民，那才是大报恩！小报恩是必要的，是基础；而大报恩则是更重要的，是升华。

2009年3月28日晚，在北京大学百年纪念讲堂举行“世界因你而美丽——2008影响世界华人盛典”，建立“壹基金”的李连杰也荣列13位华人之中。他在简短的演讲中说道：给出去的才是你的！留在你身上的只有你自己知道，最终不知哪一天也得给他人。

何等朴实的语言，道出了何等深刻的人生真谛。你把金钱给出去，收获的是慷慨美德；你把真情给出去，收获的是爱的报答；你把短暂的一生给出去，收获的是人们永恒的怀念!

人们常说：送人玫瑰，手留余香。我们是不是可以顺着这个思路继续说：予人荆棘，手留余伤；授人知识，怀有余乐；赠人灯盏，心有余光（我校一教授解释自己的名字时如是说）。

我们都是生活在社会中的人，人与人之间是需要朋友的，是需要友谊的。如果一个人得意的时候没有人为你喝彩，失意的时候没有人为你叹息，遇事举棋不定的时候没有人为你参谋，身临险境的时候没有人为你棒喝，那么，这样的人生该是多么孤寂的人生。而孤寂，则是人生最严酷的刑罚。

真诚的友谊，能够给人以温暖和欢乐；真诚的友谊，能够给人以勇气和力量；真诚的友谊，能够给人以信心和希望！真诚的友谊，是人生旅程中一座温暖的驿站。当你在人生的道路上长途跋涉、风尘仆仆、疲惫不堪的时候，你可以在这座驿站里洗去征尘、消尽疲劳，从而精神振奋、焕然一新地踏上你新的人生征程。

我们不能想象，在眼下这个纷扰复杂的人世间，一个人要是没有朋友，没有真正值得自己倾吐肺腑之言的朋友，那么这个人的人生该是多么寂寞，多么冷落，多么悲凉凄怆，多么黯淡无光！

中国古代用人之道中，有一句话叫作“用人勿疑，疑人勿用”，如果将“用”字改成“交”字，则同样是我们交友方面的一句有益的格言，即“交人勿疑，疑人勿交”。

朋友之间，真诚的信赖比金子更宝贵！如果你交上了一个真正值得自己信赖、可以把自己性命都托付给他的朋友，那你就等于拥有了一座永远也开采不完的金矿，你就是世界上最富有的人。因为精神上的富有才是真正的富有。而眼下的现实生活中，有那么极个别的人，穷得只剩下钱。

人生路上，要多交雪中送炭之友，少交锦上添花之人，还要谨防落井下石之徒。

在人与人的交往中，一个人取得别人的原谅往往不是最困难的，最困难的是取得自己的原谅。因为自己原谅自己的前提必须是：竭尽全力，问心无愧。——如果你做到了这八个字，你就可以原谅自己，你的朋友也一定会原谅你。

一个荣誉加上一个荣誉，不一定有双倍的价值；但一个错误加上一个错误，则可能是超过双倍的过失。

我以为所谓智者，不是说不犯错误，而是不重复地犯同样的错误。在某一件事情上第一次犯错误，是可以而且应该原谅的；而重复犯同样的错误，则往往是不可原谅的。

人是要有一种精神的，是要有一种理想的追求。一个人是如此，一个民族也是如此。如果一个民族没有理想、没有精神的追求，那么这个民族，充其量也只能算是一个种族——一个物种意义上的族群。

人生必须把关键的力量，全力以赴地用到人生的关键处；而人生的智慧就在于提前或及时找准这个关键处，并牢牢把握住。人生的关键处，往往就在那容易忽略的地方；而认准并把握住的人，也往往不多。

中国有一句成语叫作“滴水穿石”；滴水之所以能够穿石，必须具备两个条件：一是持之以恒，一是目标如一。——有此精神，则人世间万事可成！

我以为，真正一流的学者，在学术研究方面应该做到“三个超越”：既要敢于在时间和历史长河纵的方面超越前人，这种超越，标志着一种进步；又要敢于在空间和社会生活横的方面超越他人，这种超越，标志着一种成功；然而更难、更重要的则是要在精神领域里不断超越自我，只有这种超越，才标志着人生和学术的最高境界！——这是很难达到的境界，让我们“虽不能至，然心向往之”！

在通往真理的大道上每向前迈进一步的价值，比在前人已经开辟的道路上重复走一万步的价值，还要高千百倍！

学术研究应该提倡精品意识。我曾对《人民日报》记者说过这样的话："十年磨一剑，可能不一定都是好宝剑；但一年磨十剑，一定不是好宝剑！"

日常生活中，一个人要努力修养的品质很多，我以为其中应该包括：守常，自律，慎独，自省。

要努力培养自己不以眼前为念、不以得失为怀的胸襟，经得起误解、受得了委屈的气度，以及替他人着想、抛一己之利的向善之心和同情弱者、扶危济困的悲悯情怀。

一个人要能大度，大量，大气，大爱；一辈子努力干事，干好事，干大事，干大好事。

我以为，一个人有时候要敢于自以为是——凡事充满自信，相信自己力量。如果继续修养到敢于自以为非——凡事认真自省，承认自己不足，那么也许可以说这个人已日渐成熟了。

“路漫漫其修远兮，吾将上下而求索”（屈原《离骚》）；海茫茫且浩瀚兮，汝须日夜而扬帆！

从某种意义上讲，雕塑就是经过缜密的整体构思，然后把必要的部分精心加上去的艺术，而雕刻则是把不必要的部分精心剔出去的艺术。至于写文章，则要兼两者之长：既要善于把必要的部分加上去，更要舍得把不必要的部分删除掉，这才算得上是文章大手笔！

好文章不是写出来的，而是改出来的，是反复精雕细磨打磨出来的。初稿写成后，得放几天、十几天，甚至更长一段时间，思考后再改，改后再思考，再思考后再改。一挥而就的名篇是很少的。其实，那样的作品，也是作者在行诸笔墨之前已经在头脑里反复琢磨锤炼后的产物。

讲课也好，作报告也好，写文章也好，如果完全不说他人已经说过的话，全说的是自己的话，那肯定是不可能的，也是没有必要的。但如果说的全是他人已经说过的话，没有一句是自己的话，那也就既没有多少意思又没有多大意义了。

子曰：“不在其位，不谋其政。”这是从否定的角度来讲仕宦和从政的态度。我以为从肯定的角度理解，其实质应该是：既在其位，必谋其政；既谋其政，谋好其政。——人生就是要敢于担当，而且一定要担当好自己所从事的事业！

子曰：“己所不欲，勿施于人。”——这其实是全世界共通的、人类共同信奉的道德黄金律。余曾试续之曰：己所欲为，多施与人；己所不能，少责于人；严于律己，宽以待人。

从生命的意义上讲，人与人都是平等的；所有人的生命过程，都是平等相同的——平等地赤条条、一丝不挂地来到这个世界上，最后又平等地半根草也不带地离开这个世界。生命从无到有，又从有归无，这是我们每一个人同样享有的平等的权利。

近代教育家陶行知先生撰写的那副称赞老师的对联：

“捧着一颗心来，不带半根草去”，其实不仅老师是如此，人世间所有的人都是如此。

我曾经在手机短信中看到这样的话：“人是不能把金钱带入坟墓的，而金钱却可以把人带入坟墓。”何等精辟，何等怵目惊心！而人多不警醒，多不反省，多不悬崖勒马，故往往令人扼腕，一叹再叹！

唐贤刘禹锡有名句曰：“芳林新叶催陈叶，流水前波让后波。”（《乐天见示伤微之敦诗晦叔三君子皆有深分因成是诗以寄》）圣哉斯言！只有一代推出一代、一代胜过一代的民族，才有蓬勃兴旺的未来；而那种一代压着一代、一代不如一代的民族，则注定要日益萎缩，乃至最后消亡。

禅的最高境界是无我，心的最高境界是无悔，生活的最高境界是无忧，朋友的最高境界是无间。

人言：自尊不辱，自爱不逾，自信不疑，自强不息——诚然！而真正努力做到这几点，亦诚难也。

春日漫步未名湖边，杨柳依依，碧波涣涣，和风拂拂，夕阳冉冉。慢慢推敲中得俗句如下：

攀登到绝顶，便是下山时。春光无限好，秋风难推迟。

及时当奋发，予人吐长丝。耕耘洒汗水，又见果满枝。

入海亦可涸，为山也能移。寄语长安客，酣然知不知。

关于“人生”，余陆续推敲琢磨，成如下数语：

人生要有提前量，工作不可马拉松。

人生不可半途废，登山要上最高峰。

人生不必太聪明，遇事要能吃得亏。

人生难得真性情，相逢一诺重千金。

人生之路不平坦，崎岖胜过太行山。

人生本是单行道，生命之河不倒流。

宋人欧阳修自称“六一居士”，即：琴一张，棋一局，酒一壶，金石遗文一千卷，藏书一万卷，一老翁。我则希望北大学子都能成为“燕园六一饱学之士”，简称“六一学士”，即：背诵古文一十篇，吟咏诗歌一百首，记住名言一千句，留下一个“第一”（当然是好的“第一”），载入一部史册，一少年（女）。——在我燕园精神沃土中，腾起一群龙，飞起一天凤！

下集

千朵万朵压枝低

月是故乡明：怀乡诗漫谈

故乡，是一个多么朴素、多么迷人的字眼！每个人都有自己的故乡，每个人都爱自己的故乡：水是故乡甜，山是故乡青，月是故乡明，人是故乡亲！人们在故乡的怀抱里吮吸着母亲的乳汁长大，之后或背井离乡，或萍踪天涯；然而不管走到哪里，不管什么时候，也不管境况如何，总忘不了自己的故乡；并把热爱故乡的淳朴感情，升华到热爱祖国的理性高度，为百姓的幸福、祖国的富强和民族的兴旺而一辈子鞠躬尽瘁死而后已。热爱故乡的情感，是多么值得珍惜的美好情感。我以为：如果一个人对生我养我的那一方热土没有真诚的爱，是不会成为一个伟大的爱国主义者的！

依恋故土，原本是世间万物的本性。战国时伟大诗人屈原在《哀郢》诗中写道："鸟飞返故乡兮，狐死必首丘。"说鸟儿飞得再远，也要返回故乡。相传狐狸临死时，总要努力地把头朝着自己出生的山丘。到了汉末曹操的笔下，变为"狐死归首丘，故乡安可忘。"（《却东西门行》）又有汉《古诗十九首》曰："胡马依北风，越鸟巢南枝。"意谓北方的马不管走到哪里，总是依恋从北方吹来的风。因为北方吹来的风带着家乡的气息，那是它最难忘、最熟悉、最亲切的气息。南方的鸟飞到北方以后，总是选择在向南伸展的树枝上筑巢，因为向南的树枝离自己的家乡更近一点。鸟者，禽也；马者，兽也；禽兽尚且有故土之恋，何况人乎？

古往今来，不知有多少诗人写了多少怀念故乡的诗歌，限于篇幅，我只从唐诗中选择几首小诗来略加评析。

首先是盛唐诗人贺知章的那脍炙人口的《回乡偶书二首》，其第一首流传甚广，可以说是古往今来妇孺皆知。诗曰：

少小离家老大回，乡音无改鬓毛衰。
儿童相见不相识，笑问客从何处来。

看上去没有一个字说家乡好、爱家乡，但每一个字都是从诗人内心深处迸发出来的，字里行间洋溢着诗人对家乡的挚爱亲情。其实，第二首也含蓄蕴藉，耐人寻味。诗曰：

离别家乡岁月多，近来人事半消磨。
惟有门前镜湖水，春风不改旧时波。

风景依然而人事不再，这种物是人非、物在人亡的感慨，引起了异代不同时的人们的多少共鸣，每诵及此，总令人唏嘘不已，黯然神伤。

王维的绝句《九月九日忆山东兄弟》写道：

独在异乡为异客，每逢佳节倍思亲。
遥知兄弟登高处，遍插茱萸少一人。

“每逢佳节倍思亲”，成为人人意中皆有，然人人笔下皆无，而今人人口中传诵的千古名句。记得 2000 年秋天开学，我给全校开选修课“中国古代诗歌选讲”，安排在每周二下午第 7、8 节。当年 9 月 12 日星期二正是中秋节，我给学生特地讲了几首古代著名的咏月诗。下课前灵机一动，步王维的这首七绝原韵，口占一绝曰：

求学暂为燕园客，适逢中秋倍思亲。
遥知父母倚栏处，正叹圆月照离人。

我讲课，每次布置课后作业都是背诵一首诗，下一次课先检查。这次我没有布置背诗作业，而是布置：凡是家里有电话的，今晚给家里打一个电话，向父母问安。到了下周二，上课前我检查作业：请中秋节给父母打过电话的同学举一下手。望着那一片密密举起的手臂，我不禁热泪盈眶。

唐代诗坛上的“双璧”李白与杜甫，也写过十分精彩的怀乡诗。李白《春夜洛城闻笛》诗曰：

谁家玉笛暗飞声，散入春风满洛城。
此夜曲中闻折柳，何人不起故园情。

闻玉笛吹奏的《折杨柳》小曲，搅动起诗人的乡愁；沉浸在故园之思中的诗人推己及人，以“何人不起故园情”，写出了思乡之情的普遍性。又如他的名篇《静夜思》写道：

床前明月光，疑是地上霜。

举头望明月，低头思故乡。

全诗似脱口而出，明白晓畅；意蕴丰厚，历久弥新。“低头思故乡”，写“旅中情思，虽说明，不说尽”（清人沈德潜语）。唯其不说尽，才给读者留下了广阔的想象余地，才引起人们广泛的共鸣，使得历代客居异地、望月思乡的人，都可以借助于吟咏这首小诗来抒发自己所特有的丰富情感。千百年来，千千万万个游子，有千千万万种思念家乡的具体内容，但却都可以借用“举头望明月，低头思故乡”这十个字来抒发。换言之，这十个字中涵盖了历代人们千千万万种情感，而且还可以永远被人们所借用，这就是伟大的诗歌。

杜甫在名篇《秋兴八首》中，写自己“每依北斗望京华”，“孤舟一系故园心”。诗人无论走到哪里，总是遥望京华，心系故园。在《月夜忆舍弟》一诗中，更是写出了名句：“露从今夜白，月是故乡明。”明知普天下共一轮同样的明月，却偏说故乡的月亮最明亮，这就是移情于物，是诗人主观上对故乡怀有特别深厚情感的心理因素所致。这种偏爱，似不合理，却很合情。

此外还有如张籍的《秋思》：

洛阳城里见秋风，欲作家书意万重。
复恐匆匆说不尽，行人临发又开封。

对故乡和亲人的情感太多太多，临发之时又拆开信封再加一点进去。高适《除夜作》诗曰：

旅馆寒灯独不眠，客心何事转凄然。
故乡今夜思千里，霜鬓明朝又一年。

岑参的《逢入京使》诗曰：

故园东望路漫漫，双袖龙钟泪不干。
马上相逢无纸笔，凭君传语报平安。

刘皂《旅次朔方》诗曰：

客舍并州已十霜，归心日夜忆咸阳。
无端更渡桑干水，却望并州是故乡。

被贬南方的诗人柳宗元所写《与浩初上人同看山寄京华

亲故》诗曰：

> 海畔尖山似剑铓，秋来处处割愁肠。
>
> 若为化得身千亿，散上峰头望故乡。

千亿个峰头上伫立着千亿个诗人，千亿个诗人一起北望故乡。思乡之情何等饱满、深厚、殷切。

唐代怀乡诗仅摘几首如上，整个古代怀乡诗实不胜枚举也。我炎黄子孙不管走到天之涯、海之角，都不应也不会忘记华夏故国这一片热土！

土乃华夏热，月是故乡明。谨以千字文，表我赤子心。

狗吠深巷中，鸡鸣桑树颠：田园诗漫谈

我们中华民族是一个农耕为主的民族，祖祖辈辈春种夏作，秋收冬藏，跟土地结下不解之缘。土地本指土壤，我们一般将尚未开垦的荒地称为地，而将经过耕治劳作过的、播种而有所滋生的土地称为田。《诗经·小雅·大田》曰："大田多稼，既种既戒，既备乃事。"郑玄笺曰："大田，谓田肥美，可垦耕，多为稼，可以授民者也。"可见田是指人类耕种用的土地，而园则是指人类耕种用的园圃；田地和园圃统称田园。司马迁在《史记》中有句曰："田园极膏腴"，这也许是"田园"一词的较早出处。

自从人类开始刀耕火种，大自然中便有了最早的、最原始的田园。而描写田园的诗歌，最早可追溯到相传为唐尧时的民歌《击壤歌》：

日出而作，日入而息，凿井而饮，耕田而食，帝力何有于我哉！

（唐欧阳询《艺文类聚》引晋人皇甫谧《帝王世纪》中载）

这是古代农耕社会中关于农村生活最典型的概括和最生动的描写，它对于中国人的田园生活和田园诗创作的影响都十分深远！《诗经·王风·君子于役》中有写田园的名句："鸡栖于埘（在墙上挖洞做成的鸡窝），日之夕矣，羊牛下来。"——也是一幅典型的傍晚田园图景。

在中国诗歌史上，真正开田园诗之先河并奠定基础的是东晋诗人陶渊明（365—427）。他从官场回归田园时所作的《归去来兮辞》，开篇一声呼唤："归去来兮，田园将芜胡不归！"接下来以十分欢欣的笔调，描写了田园生活的愉快与美好：

乃瞻衡宇，载欣载奔。童仆欢迎，稚子候门。三径就荒，松菊犹存。携幼入室，有酒盈樽。引壶觞以自酌，眄庭柯以怡颜。倚南窗以寄傲，审容膝之易安。园日涉以成趣，门虽设而常关。策扶老以流憩，时矫首而遐观。云无心以出岫，鸟倦飞而知还。景翳翳以将入，抚孤松而盘桓。

这堪称是描写田园生活的绝妙好辞！对田园诗歌创作的内容、风格与情调等，都有着十分深远的影响！

陶渊明的《归园田居五首》，其一中写农村田园生活："开荒南野际，守拙归园田……榆柳荫后檐，桃李罗堂前。暧暧远人村，依依墟里烟。狗吠深巷中，鸡鸣桑树颠。"其三写自己躬耕田园、参加体力劳动的情景："晨兴理荒秽，带月荷锄归。"苏东坡盛赞陶渊明的诗："质而实绮，癯而实腴。"(《与苏辙书》)金人元好问则放声高歌陶诗："一语天然万古新，豪华落尽见真淳。"(《论诗三十首》)前无古人，后难超步，唐宋元明清所有的田园诗，可以说都在陶渊明田园诗的浓荫笼盖之下。

到了唐朝，诗歌鼎盛，田园诗也生机勃勃，景象喜人。王绩（590—644）可以说是初唐田园诗的代表。其代表作《野望》写道：

东皋薄暮望，徙倚欲何依。
树树皆秋色，山山唯落晖。

牧人驱犊返，猎马带禽归。

相顾无相识，长歌怀采薇。

秋天的傍晚，薄暮暝暝，行走在乡间原野上的诗人放眼望去，只见一片秋色，落日的余晖给山山树树都涂抹上了一层淡淡的冷色。牧人驱赶着牛犊从野外放牧返回，猎人骑的马上带着猎获的禽兽满载而归。最后诗人流露出孤独无依的苦闷和对隐士生活的向往之情。

王绩另有一首诗《食后》写道："田家无所有，晚食遂为常。菜剪三秋绿，飧炊百日黄。胡麻山麨样，楚豆野麋方。始暴松皮脯，新添杜若浆。葛花消酒毒，萸蒂发羹香。鼓腹聊乘兴，宁知逢世昌。"描写田家饭菜饮食的朴素清爽，饭后悠然自得的情景。读这首诗很容易使人联想起盛唐诗人储光羲的《田家杂兴八首》其八："种桑百余树，种黍三十亩。衣食既有余，时时会亲友。夏来菰米饭，秋至菊花酒。孺人喜逢迎，稚子解趋走。日暮闲园里，团团荫榆柳。酩酊乘夜归，凉风吹户牖。清浅望河汉，低昂看北斗。数瓮犹未开，明朝能饮否。"农家于辛勤劳作之余，亲友相聚开怀畅饮，酩酊夜归醉态朦胧：看银河清浅，望北斗低昂。分手时嘴里还絮絮叨叨地对友人说：我没有醉，还有几瓮酒没有打开，明天你能否再和我一起痛饮啊？——醉态宛然，如在眼前；纯朴气息，扑面而来。

盛唐田园诗人有王维、孟浩然，并称“王孟”。王维多才多艺，诗画兼美。他的田园诗以画家的眼光和绘画的笔调，描绘田园风光的淡雅优美；着色不浓而意境清远。如《渭川田家》：

斜光照墟落，穷巷牛羊归。
野老念牧童，倚杖候荆扉。
雉雊麦苗秀，蚕眠桑叶稀。
田夫荷锄立，相见语依依。
即此羡闲逸，怅然吟式微。

一开始便大笔勾画出夕阳斜照村落的景象，苍茫暮色笼罩田园也统摄全篇。接着一个特写镜头：“野老念牧童，倚杖候荆扉”——柴门外一位慈祥的老爷爷拄着拐杖，正迎候着放牧归来的小孙子。一老等候着一小，无限亲情溢出纸面。拐杖倚柴门，情景宛然，散发出浓郁的泥土芬芳。接下来再一个大笔濡染：野鸡在一片扬花抽穗的麦田里欢鸣，桑树上桑叶已稀疏，蚕儿开始吐丝作茧。紧跟着又一个特写镜头："田夫荷锄至，相见语依依"——三三两两的农夫们扛着锄头收工回来，田间小路上不期而遇亲切地依依絮语。最后由田园的清纯和官场的污浊的对比中，抒发了作者由于羡慕田家生活的安然闲适而产生的归隐田园的渴望。

孟浩然的田园诗主要可贵在表现了田园中人与人友情的醇厚真挚。如他的《过故人庄》写道：

故人具鸡黍，邀我至田家。
绿树村边合，青山郭外斜。
开轩面场圃，把酒话桑麻。
待到重阳日，还来就菊花。

这是一首五言律诗，起、承、转、合分明。首联是起，说老朋友准备了饭菜邀请我去作客，盛情难却我就前往。颔联是承，接上去说我去到他们的村庄，近处是绿树环绕，远处是青山横卧；"绿"和"青"是生命的本色，如果换成"大树""高山"就情韵顿减。颈联是转，写与老朋友把酒话农事。最后尾联是合，分手时便想着还要再来欢聚，可见对这次相聚十分满意，深化了友情。这首诗的内容、结构和风格，使我们自然想到宋代大诗人陆游的七律《游山西村》：

“莫笑农家腊酒浑，丰年留客足鸡豚。山重水复疑无路，柳暗花明又一村。箫鼓追随春社近，衣冠简朴古风存。从今若许闲乘月，拄杖无时夜叩门。”细加品味，其内在的神韵意蕴和形式的起承转合，何等相似乃尔。

唐玄宗天宝十四载（755）冬天爆发的“安史之乱”，使唐王朝一蹶不振，元气大伤，由盛到衰走下坡路。就大势而言，这也可以说是整个封建社会由盛到衰的一个转折点。田园诗的内容和基调也发生了很大的变化，主要是描写中渐渐失去了田园风光的优美，田园生活的和美，以及田园中人们情感的醇美。

中晚唐的田园诗，开始转向对民生疾苦的关注和对下层贫困生活的同情。如中唐诗人元结的《贫妇词》写贫妇内心的痛苦：“所怜抱中儿，不如山下麑”，小儿不如小鹿，情何以堪！又如顾况的《女耕田行》，诗人以沉痛的笔调描写了男丁到前方打仗、姐妹俩只好刀耕荒垅：“无人无牛不及犁，持刀斫地翻作泥”；通过典型反映一般，显示了农村民生凋敝的普遍情景。

晚唐国运衰微，战乱频仍，民生凋敝，田园荒芜。诗人们通过对田园凄苦生活的描绘，抨击和控诉黑暗现实，几乎到了字字带血、句句带泪的地步。如杜荀鹤的《山中寡妇》：

夫因兵死守蓬茅，麻苎衣衫鬓发焦。
桑柘废来犹纳税，田园荒后尚征苗。
时挑野菜和根煮，旋斫生柴带叶烧。
任是深山更深处，也应无计避征徭。

哪怕你藏匿在深山的最深处，也没有办法躲避无孔不入的苛捐杂税。以一个寡妇的不幸命运，概括了当时下层人民的痛苦生活。而晚唐田园诗中对现实揭露尤为深刻的，还有皮日休的《橡媪叹》，描写农民辛辛苦苦种的粮食："持之纳于官，私室无仓箱"；而"狡吏不畏刑，贪官不避赃"，吏治如此腐败，老百姓只能"自冬及于春，橡实诳饥肠"。

到了宋代，描写田园的诗歌又翻开了新的一页。"中兴四大诗人"中范成大和杨万里都写过不少田园诗，取得了很高的成就。如范成大的《四时田园杂兴》：

土膏欲动雨频催，万草千花一饷开。
舍后荒畦犹绿秀，邻家鞭笋过墙来。

昼出耘田夜绩麻，村庄儿女各当家。
童孙未解供耕织，也傍桑阴学种瓜。

又如杨万里的《桑茶坑道中》：

田塍莫道细如椽，便是桑园与菜园。
岭脚置锥留结屋，尽驱柿栗上山巅。

晴明风日雨干时，草满花堤水满溪。
童子柳阴眠正着，一牛吃过柳阴西。

这些田园绝句，清新自然，情感朴素，充满了浓郁的泥土气息。但总的成就并没有超步唐人。而真正代表宋人在田园诗歌领域中取得新进展、新面目、新气象的，倒是宋人的田园词。

在宋代词坛上写作田园词最有新成就的，正好是宋词中堪称“双峰并峙”的两位大家：北宋的苏轼和南宋的辛弃疾。苏轼（1037—1101）不愧是才如江海的大家，在词坛上开宗立派，雄视百代。在他之前，只有五代词人欧阳炯所写的八首《南乡子》中有个别词写到农村生活情景，如第六首写道："路入南中，桄榔叶暗蓼花红。两岸人家微雨后，收红豆。树底纤纤抬素手。"但总体上可以说还没有田园词。是苏轼的组词《浣溪沙》五首，为千年词史开拓了一个描写田园生活的新天地。

这一组词前有序曰，"徐门石潭谢雨道上作五首"。词人知徐州时，适逢大旱，这是求雨得雨后亲往石潭去谢雨的途中所作。其三、其四写道：

> 麻叶层层苘叶光，谁家煮茧一村香。隔篱娇语络丝娘。　　垂白杖藜抬醉眼，捋青捣麨软饥肠。问言豆叶几时黄。

> 簌簌衣巾落枣花，村南村北响缫车。牛衣古柳卖黄瓜。　　酒困路长惟欲睡，日高人渴漫思茶。敲门试问野人家。

周汝昌先生击赏称赞苏轼此等词，评曰："常说天风海雨，一洗绮罗香泽之习，足令诵者胸次振爽，为之轩朗寥廓——此犹是不寻常为之奇者也。若坡公此等词，则唯以最寻常最普通最不‘值得’入咏的景物风光写之为词，此真奇外之奇！可知千古未有之奇境，正在无奇之中。”这真是独具只眼、切中肯綮之评！

南宋辛弃疾（1140—1207）不愧为词坛无所不可入词的大手笔。在他囊括众类题材的词中，尤为可贵的是写下了多首田园词佳作。如《清平乐·检校山园书所见》：

连云松竹，万事从今足。拄杖东家分社肉，白酒床头初熟。　　西风梨枣山园，儿童偷把长竿。莫遣旁人惊去，老夫静处闲看。

将农村生活中的绝妙场景，刻画得惟妙惟肖。又如他晚年被罢官闲居上饶时所作的田园词《西江月·夜行黄沙道中》：

明月别枝惊鹊，清风半夜鸣蝉。稻花香里说丰年，听取蛙声一片。　　七八个星天外，两三点雨山前。旧时茅店社林边，路转溪桥忽见。

月亮出来，惊动了栖息的乌鹊；夏秋的夜风送来了知了的叫声。扑面而来的稻花香沁人肺腑，与鸣蝉和鸣的是蛙声一片。词人通过对乡村里极其平凡的景物的描绘，创造了一个极其不平凡的意境。此景让人如在眼前，此情让人如在心中，而这一切又唯稼轩笔下独有而他人笔下皆无也。

辛弃疾的田园词比之前人的田园词所描绘的内容更为广泛、丰富，生活的场景更为多姿、多样，塑造的意境更为蕴藉、空灵！借用并稍改辛词中的名句来形容，那就是：稼轩词里写田园，听取蛙声一片。田园诗词里的这一片蛙声，在中国古代诗歌领域里，一直是一曲最让人沉醉的、最迷人难忘的乐章！

愿得此身长报国：边塞诗漫谈

所谓边塞诗，大体指以边塞征战生活为题材的诗，也包括一些描写边塞异域风光的诗，以及一些因征夫从军而给妻子带了离别痛苦的思妇诗。

我们中华民族自古以来就是一个多民族的国家。任何一个多民族的国家在其形成和发展的过程中，都不可避免地伴随着不同民族的互相征战与相互融合。以这些征战为题材的诗歌，早在《诗经》中就已经出现。如《秦风·无衣》："王于兴师，修我戈矛，与子同仇。"意谓跟随着朝廷的军队，拿起武器，同仇敌忾，战胜来犯之敌。气势何等豪迈！楚辞中，屈原的名篇《国殇》描写了战斗的残酷和对为国牺牲者的尊崇："旌蔽日兮敌若云，矢交坠兮士争先……身既死兮神以灵，子魂魄兮为鬼雄！"汉乐府中，《战城南》《十五从军征》等诗歌也与边塞征战相关。三国魏曹植《白马篇》中，则有“名编壮士籍，不得中顾私。捐躯赴国难，视死忽如归”等豪句。两晋南北朝的边塞诗，则多沿用乐府旧题借题发挥，一般内容比较空泛，艺术上也缺少个性。直到唐朝，边塞诗才得以确立，且大放异彩。

唐代边塞诗兴盛的原因，一是由于唐代国力强盛，征战频繁，为边塞诗的产生提供了丰厚的土壤和创作素材。二是由于唐代政治开明，使得知识分子可以通过立边功以取封侯而出将入相，从而大大地激发了读书人投笔从戎的热情。如杨炯的“宁为百夫长，胜作一书生”(《从军行》)；岑参的“功名只向马上取，真是英雄一丈夫”(《送李副使赴碛西官军》)，等等。三是受传统的儒家思想影响，读书人历来具有报国济世的情怀。如王维的“孰知不向边庭苦，纵死犹闻侠骨香”(《少年行》)；高适的“相看白刃血纷纷，死节从来岂顾勋”(《燕歌行》)；王昌龄的“气高轻赴难，谁顾燕山铭”(《少年行》)；戴叔伦的“愿得此身长报国，何须生入玉门关”(《塞上曲》)，等等。

唐人边塞诗，尤其是盛唐边塞诗的最大特色，就在于诗人主要不是细致生动地描绘战争的场景，而是着力于抒发为国立功的豪迈气概和昂扬乐观的进取精神，是那个时代英雄主义的赞歌。如王昌龄的《从军行》：

青海长云暗雪山，孤城遥望玉门关。
黄沙百战穿金甲，不破楼兰终不还。

青海雪山，孤城荒凉，苦斗百战，哪怕是黄沙磨穿了铁甲，但只要敌人一天不消灭就一天不回还。不畏艰苦，不怕牺牲，直到胜利。王昌龄另有《出塞》诗："秦时明月汉时关，万里长征人未还。但使龙城飞将在，不教胡马度阴山。"岑参的《凉州馆中与诸判官夜集》描写边塞生活的孤寂苍凉："弯弯月出挂城头，城头月出照凉州。"在"风萧萧兮夜漫漫"的边城秋夜，诗人与一起守边几年未见的老朋友重逢，于是开怀痛饮，唱出了旷达豪迈的心声："河西幕中多故人，故人别来三五春。花门楼前见秋草，岂能贫贱相看老。一生大笑能几回，斗酒相逢须醉倒。"

这种写边塞生活又豪迈昂扬又旷达苍凉的诗歌，最典型的要数王翰的《凉州词》：

葡萄美酒夜光杯，欲饮琵琶马上催。
醉卧沙场君莫笑，古来征战几人回。

在激烈的战斗间隙，举起斟满葡萄美酒的夜光杯，正欲痛饮，战斗的号令响起，催人上马出征，情何以堪！即便是醉卧沙场，狼藉酣态，又有何妨；请不必讪笑，因为自古以来征战边疆的征人有几个能活着回来的呢？“古来征战几人回”这豪迈而又沉痛的一问，一千多年来回荡在历史的大漠风尘中，久久难平！

在特定的时代氛围中生活的诗人所创作的诗歌，不可避免地要受到那个时代精神的影响。盛唐过后的中晚唐边塞诗，渐渐减弱乃至失去了明亮的色泽和昂扬的基调，变得感伤和黯淡起来。如中唐诗人李益的《夜上受降城闻笛》：

回乐峰前沙似雪，受降城外月如霜。
不知何处吹芦管，一夜征人尽望乡。

又如柳中庸的《凉州曲》：

关山万里远征人，一望关山泪满巾。
青海戍头空有月，黄沙碛里本无春。

李诗中写一个征人因思念家人而吹奏出的家乡小曲，在边塞的夜风中四处飘散，引起了听到此曲的征人们的强烈共鸣而“尽望乡”。柳诗中则写边塞只有冷冷的月色相照，而没有暖暖的春色相伴，所以一望关山便思念远方的故乡而“泪满巾”。可见征人们的望乡思归之情，何等饱满充沛。读着读着，令人不禁为之一掬同情之泪。

到了晚唐，江河日下，社会动乱，民生凋敝，世风衰飒，李商隐的名句“夕阳无限好，只是近黄昏”，成了当时社会现实、人心世态和诗文艺术等的真实写照。边塞诗亦然，如陈陶的《陇西行》：

誓扫匈奴不顾身，五千貂锦丧胡尘。
可怜无定河边骨，犹是春闺梦里人。

战士们为国赴边灭敌，奋不顾身。激烈的战斗使五千貂锦捐躯。貂锦，指貂裘和锦衣，这里借指将士。可怜这些在无定河边塞前线战死的将士，因为无法掩埋，日子一长被销蚀成一摊摊白骨，可是因为信息不通，远在故乡的妻子还不知道丈夫已经牺牲，夜里还常常在梦里与丈夫欢聚。沈彬的《吊边人》诗中亦有“白骨已枯沙上草，佳人犹自寄寒衣”的诗句，同一机杼。此情此景，催人泪下！诗人以十分冷峻的笔触，既对为国捐躯的将士们表示了深深的同情，又对造成这种不幸的社会以有力的谴责！

又如张乔的《河湟旧卒》：

少年随将讨河湟，头白时清返故乡。
十万汉军零落尽，独吹边曲向残阳。

通过一个久戍边关侥幸生还的老兵的遭遇，反映了唐朝末年那个动乱时代的凄凉景象，表达了作者对战乱的厌恶及对国家安定的期盼之情。

还有曹松的《己亥岁》：

泽国江山入战图，生民何计乐樵苏。
凭君莫话封侯事，一将功成万骨枯。

结句何等深刻，何等沉痛！

唐代以后，边塞题材的诗歌依然代代不绝，不乏佳作，但新意难出，日渐式微。包括思想内容和艺术特色在内，总体上已经失去了唐边塞诗的气势和辉煌，而“无可奈何花落去”也。

咏史宜别出新意：怀古诗漫谈

中唐古文大家韩愈，提倡古文的语言要力求做到：陈言务去，言必己出。其实，这种推陈出新的精神，也同样适合于诗歌创作。而咏史题材的诗歌，更应该力求自出新意，别具机杼。

所谓历史，《汉语大词典》释义的第一项说是“过去事实的记载”。这里包含有两点：一是过去曾经发生了的事实，二是当时或后世人对这些史实的记载。曾经发生了的事实是一种客观存在，不能改变；但人们对某一历史事件的记载和解读，却可以有不同的角度、不同的眼光，从而得出不同的结论。这种不同，原因在于解读历史的人所处的时代背景和历史环境的不同，以及他们各自不同的身份地位和不同的立场观念，甚至还跟不同的资质等因素有关。

譬如，楚汉相争，汉兴而楚亡。垓下一战，四面楚歌，楚霸王项羽带着数十骑逃到乌江渡口，汉兵紧追不舍，情况万分危急。司马迁在《史记·项羽本纪》中以史家的眼光这样写道：

……项王乃欲东渡乌江，乌江亭长舣船待，谓项王曰："江东虽小，地方千里，众数十万人，亦足王也。愿大王急渡！今独臣有船，汉军至，无以渡。"项王笑曰："天之亡我，我何渡为？且籍与江东子弟八千人渡江而西，今无一人还。纵江东父兄怜而王我，我何面目见之？纵彼不言，籍独不愧于心乎！"……乃令骑皆下马步行，持短兵接战。独籍所杀汉军数百人，项王身亦被十余创。……乃自刎而死。

这是何等壮烈的场景，这是何等英雄的气概！对项羽拔剑自刎乌江事，后人论说纷纭。晚唐诗人杜牧有《题乌江亭》。诗曰：

胜败兵家事不期，包羞忍耻是男儿。
江东弟子多才俊，卷土重来未可知。

留意于治乱兴亡的诗人杜牧，认为胜败乃兵家常事，不可预期；大丈夫当能屈能伸，伸则腾于九霄之上，屈则藏于芥子之中。能包羞忍耻、忍辱负重，方为真男儿。认为项羽不该自刎乌江，江东有很多年轻才俊，重回江东，将他们组织起来，重整旗鼓，东山再起，卷土重来也未必不可能。

北宋革新家王安石的看法正好相反，他在《乌江亭》诗中写道：

百战疲劳壮士哀，中原一败势难回。
江东子弟今虽在，肯为君王卷土来？

王安石以政治家的眼光，从潮流大势与民心向背的角度，则认为百战疲劳，项羽已失去人心。垓下一败，大势已去，难以挽回。江东弟子虽有人在，但谁肯为你卷土重来呢？

咏楚汉相争的诗歌还可以举出不少，其中最精彩的还要数北宋女词人李清照从气节角度写的一首绝句。公元 1127 年北宋灭亡后，李清照被迫离开齐鲁故乡，漂泊江南。有感于南宋朝廷划江而治、苟安临安的不抵抗政策，愤慨地写下了一首《夏日绝句》。诗曰：

生当作人杰，死亦为鬼雄。
至今思项羽，不肯过江东。

这真是千古绝唱！“生当作人杰，死亦为鬼雄”十个字，令此后千载男儿为之汗颜。项羽自刎乌江失败了，但他是失败了的英雄。唯其在乌江一死，使得他在青史上永不死也！

同样的史实却有不同样描写、表达出不同观点的，还表现在对盛唐李杨爱情歌咏的诗歌中。唐玄宗晚年因宠幸杨国忠、杨玉环兄妹，荒于朝政，误国殃民，终于酿成了“安史之乱”。玄宗在逃往成都途经马嵬驿时，迫于压力，不得不赐死杨贵妃以平息军中哗变。对此，中唐诗人白居易曾写下著名长诗《长恨歌》，对唐玄宗表示了深切的同情。诗人饱含深情地描写唐玄宗返回长安后，那种人去楼空的切肤之痛：“行宫见月伤心色，夜雨闻铃肠断声”；“芙蓉如面柳如眉，对此如何不泪垂”；“鸳鸯瓦冷霜华重，翡翠衾寒谁与共”……而清人袁枚却对此不以为然，其七绝《马嵬》写道：

莫唱当年长恨歌，人间亦自有银河。
石壕村里夫妻别，泪比长生殿上多。

用不着去歌唱帝王妃子的悲欢离合，当年“安史之乱”中像石壕村那样的夫妻诀别的事数也数不清。成千上万的老百姓流的泪水，比长生殿上洒的泪水要多得多。立场不同，深刻立见；角度一换，精彩纷呈。

最后再举一例。隋大业年间，隋炀帝为了满足一己之淫乐，不惜耗费大量民脂民膏和人力物力，开凿了大运河。运河竣工后，隋炀帝自己乘坐高达四层的“龙舟”，还有高三层、称为浮景的“水殿”九艘，率众二十万出游。因劳民伤财施行暴政，很快被揭竿而起的百姓推翻，隋王朝随之烟消云散。历来人们在品评这段历史时，大都认为隋王朝的灭亡，就是因为隋炀帝施行暴政开凿大运河所致，从而在诗文中口诛笔伐，不遗余力。然而晚唐诗人皮日休在《汴河怀古》（其二）中却力排众见，提出了这样一种崭新的观点。他在诗中写道：

尽道隋亡为此河，至今千里赖通波。
若无水殿龙舟事，共禹论功不较多。

真是石破天惊之论！皮日休所说的“至今千里赖通波”，

原本指由隋到唐末，不过才三百年左右。时至今日已经一千三百多年过去了，直到现在，我们依然可以说“至今千里赖通波”，人们仍旧靠着大运河来运输物资。诗人认为如果不是为了自己的荒淫享乐，那么，隋炀帝开凿大运河的功劳，可与大禹治水相提并论，不相上下。立意新颖，议论精辟，这就是咏史诗中常用的“翻案法”。这种“翻案法”，能发人之所未发，道人之所未道，达人之所未达，出人意料之外而亦尽在情理之中，不失为咏史诗中的翘楚之作。

这里说的只是咏史题材的诗，其实其他题材的诗歌也一样，只有自创新意、不落窠臼，才能在诗史上自标神采、拔出流俗，占有一席之地。

动人春色不须多：哲理诗漫谈

所谓哲理诗，就是诗人以自己的慧眼灵心，对社会和人生进行思索、探索，将所体验的深邃哲理包孕在鲜明的艺术形象中的诗歌。哲理诗将思想渗透于形象之中，经过独特的审美创造，于浓郁的情愫中饱含作者理性的真知灼见，引人入胜，耐人寻味，给人以思想上的教益和艺术上的美感。

唐以前的哲理诗最早可追溯到《诗经》。其《秦风·蒹葭》的第一章写道："蒹葭苍苍，白露为霜。所谓伊人，在水一方。溯洄从之，道阻且长。溯游从之，宛在水中央。"这当然首先是一首情歌，但诗中弥漫着的那种似有若无、可望而不可即的淡淡愁丝和凄婉怅然之情，使人隐隐感受到人生追求美好理想、可期难求的哲理之思，意境朦胧而神韵悠然。而《小雅·十月之交》中"百川沸腾，山冢崒崩。高岸为谷，深谷为陵”，则写出了自然界中万事万物永不止息的变化，表达了沧桑巨变、事无永恒的道理。

汉代古诗中的《长歌行》，以日照朝露则晞、万物春荣秋枯、百川东流不返，启迪人们珍爱生命，珍惜光阴，及时奋发，有所作为。结尾四句曰：“百川东到海，何时复西归。少壮不努力，老大徒伤悲。”到了建安诗坛，刘桢的《赠从弟》其二曰：

亭亭山上松，瑟瑟谷中风。
风声一何盛，松枝一何劲。
冰霜正惨凄，终岁常端正。
岂不罹凝寒？松柏有本性。

以“岁寒然后知松柏之后凋也”，激励人们纯洁操守，守持本性。与此哲思相同的，还有陶渊明的“青松在东园，众草没其姿。凝霜殄异类，卓然见高枝”（《饮酒》其八），等等。

到了唐代诗坛，哲理诗蔚为大观。王之涣的“白日依山尽，黄河入海流。欲穷千里目，更上一层楼”（《登鹳雀楼》）；杜甫的“会当凌绝顶，一览众山小”（《望岳》）；刘禹锡的“沉舟侧畔千帆过，病树前头万木春”（《酬乐天扬州初逢席上有赠》）；

白居易的“离离原上草，一岁一枯荣。野火烧不尽，春风吹又生”（《赋得古原草送别》）；杜荀鹤的“泾溪石险人兢慎，终岁不闻倾覆人。却是平流无石处，时时闻说有沉沦”（《泾溪》）等等，都充满了人生的哲理和智慧，让人回味不尽。

特别是唐宣宗李忱和庐山禅师《瀑布联句》的七绝，更激发人勇往直前。前两句是庐山禅师所作，充满了禅意，意在说明人生出处要高；出处不高，难免下游。后两句乃唐宣宗续作，表现了一种志存高远的博大襟怀。诗是这样写道：

千岩万壑不辞劳，远看方知出处高。
溪涧岂能留得住，终归大海作波涛。

那认准远大的目标而义无反顾的瀑布，不会在小花小草前流连忘返，不会在小溪小涧边徘徊止步，而一定会自强不息，一往无前，奔向浩瀚的大海，去掀起万顷波涛！

哲理诗到了宋代，则可谓是大放异彩。唐诗重情趣，唐人将自己的自信、豪放、激情，倾注到诗中，诸如王昌龄“黄沙百战穿金甲，不破楼兰终不还”（《从军行七首》其四），王维“相逢意气为君饮，系马高楼垂柳边”（《少年行》其一），李白“俱怀逸兴壮思飞，欲上青天揽明月”（《宣州谢朓楼饯别校书叔云》），岑参“一生大笑能几回，斗酒相逢须醉倒”（《凉州馆中与诸判官夜集》），李颀“腹中贮书一万卷，不肯低头在草莽”（《送陈章甫》），等等。总体而言，唐诗给人以激昂、感奋，所以我们读唐诗如饮美酒，越饮越感到热血奔涌，热情荡胸。

而宋诗则重理趣，宋人将自己的求索、感悟、哲思，融注到诗中，诸如王安石“浓绿万枝红一点，动人春色不须多”（《咏石榴花》），苏麟“近水楼台先得月，向阳花木易为春”（《断句》），陆游“山重水复疑无路，柳暗花明又一村”（《游山西村》），朱熹“问渠哪得清如许，为有源头活水来”（《观书有感二首》其一），等等。总体而言，宋诗给人以思索、启迪、回味，所以我们读宋诗如品名茗，越品越觉得余香留口，余味无穷。

试举几首有名的哲理七绝。王安石的《登飞来峰》：

飞来山上千寻塔，闻说鸡鸣见日升。
不畏浮云遮望眼，只缘身在最高层。

身居高层，自能高瞻远瞩，不畏浮云遮蔽。苏轼的《题西林壁》曰：

横看成岭侧成峰，远近高低各不同。

不识庐山真面目，只缘身在此山中。

生活中往往是当局者迷、旁观者清。杨万里的《过松源晨炊漆公店六首》其五曰：

莫言下岭便无难，赚得行人错喜欢。

正入万山圈子里，一山放过一山拦。

人生当不断进取，翻过一山又有一山。宋人罗大经《鹤林玉露》载某尼《悟道诗》：

尽日寻春不见春，芒鞋踏遍陇头云。

归来笑拈梅花嗅，春在枝头已十分。

春临大地则春在身边，无处不春；道贯万物则道在心中，凡事皆道。

高潮过后，哲理诗在元明清仍然余波渺渺，荡漾不绝。清人袁枚题为《苔》的五绝写道：

白日不到处，青春恰自来。
苔花如米小，也学牡丹开。

那至微至陋的苔花与至贵至丽的牡丹花，在生命的意义上是相等相同的——同样地拥有脚下那自由生长的一寸土地，也同样地拥有头上那自由开放的一片蓝天；同样地向大自然释放着自己生命的热情，也同样地向人们展示着自己生命的光彩。生命是平等的，任何人在生命的意义上都是平等的。

再有清人翁格的《暮春》诗写道：

莫怨春归早，花余几点红。
留将根蒂在，岁岁有东风。

只要花根还在，那么“岁岁有东风”，等到明年春风再起，又会绿叶成荫，繁花满枝！

总之，哲理诗诗味隽永，内涵深邃，既给人以理性启迪，又让人有情感享受，魅力无尽，传诵不衰。

飞花入户笑床空：闺怨诗漫谈

在中国古代封建社会制度下，男女不平等体现在诸多方面。男主外，女主内。男人外出或为官，或经商，或访友，或行旅，宦游天下，浪迹江湖。时间上或经春历冬，或三年五载，或更长时间。而女子则只能足不出户，锁在深闺，独守空房，茕茕孑立，形影相吊，甚至过着终日以泪洗面的生活。闺中不乏才女，才女又不乏愁怨，于是闺怨诗应运而生。

早在《诗经·卫风·伯兮》中，那个丈夫随君王到东方打仗去了的女主人公，就曾经十分忧伤地唱道："自伯之东，首如飞蓬。岂无膏沐，谁適（dì）为容。"独守空闺的女子，头发散乱得像乱飞的蓬草，哪里是自己没有好的化妆品来洗沐梳妆，只是因为丈夫不在身边，打扮好又能给谁看呢？描写女子的心态真切细腻，典型传神，对后世闺怨题材的诗歌创作产生了深远影响。

如“建安七子”之一的徐干，在其《室思》中有句曰：“自君之出矣，明镜暗不治。思君如流水，何有穷已时。”自从丈夫外出后，本来明亮的梳妆镜子，变得暗淡了也不去擦拭一下，因为自己不再对镜梳妆，便用不着镜子了。宋代著名女词人李清照在丈夫宦游离别后，愁苦中填了一首《凤凰台上忆吹箫》词，词开头句曰：“香冷金猊，被翻红浪，起来慵自梳头。任宝奁尘满，日上帘钩。”说的也是这个意思：早上起床，懒得梳妆，任凭梳妆匣上落满了灰尘也不去擦一擦，因为没有心思梳妆打扮也就用不着打开妆匣了。

唐朝诗人王昌龄的《闺怨》更高一筹，不同凡响。诗曰：

> 闺中少妇不知愁，春日凝妆上翠楼。
> 忽见陌头杨柳色，悔教夫婿觅封侯。

少而曰妇，可见是已婚有夫之女；妇而曰少，可见是新婚不久，没有经历过离愁。凝妆即盛妆，一定要精心打扮而后才上楼，可见她真的“不知愁”也。因为愁思满怀的女子就“懒起画蛾眉”（温庭筠《菩萨蛮》），就“日晚倦梳头”（李清照《武陵春》），就“有什么心情花儿、靥儿，打扮得娇娇滴滴的媚”（王实甫《西厢记》）。少妇登楼后便急不可待地纵目远眺，骤然间见到陌头杨柳青青，顿时感悟到大自然已春满人间、万物生机勃勃，而自己却无人陪伴，辜负了春光，也虚度了青春，于是无限愁绪刹那间涌上心头，不由得“悔教夫婿觅封侯”。由不知到忽知，由兴致勃勃到顿生悔意，短短的四句中，饱含了多少细腻丰富、起伏跌宕的心理波动。可以想象，这位少妇开始时兴致勃勃地上楼，最后可能愁得都下不了楼了。

南朝宋诗人鲍照的妹妹鲍令晖《闺怨》诗曰：

桂吐两三枝，兰开四五叶。
是时君不归，春风徒笑妾。

无边春色中夫君不归来，连春风都笑闺中女子孤独无侣、自守寂寞。而南朝齐诗人谢朓的《王孙游》则更进一层地说道：

绿草蔓如丝，杂树红英发。
无论君不归，君归芳已歇。

即便你此时回来，大好春光也已经消歇了。不但春风讪笑自己，连飞花也讪笑自己：“白马金羁辽海东，罗帷绣被卧春风。落月低轩窥烛尽，飞花入户笑床空。”（李白《春怨》）如花女子遭飞花讪笑，真是情何以堪！

空房无人，寂寥难居，独坐庭除，皎洁明月下弹筝已久的闺人，虽夜深露冷，衣单体凉，然也迟迟不肯回房。原因是不敢回到那让人心寒难耐、寂寞难捱的空房。唐人王涯《秋夜曲》这样写道：

桂魄初生秋露微，轻罗已薄未更衣。
银筝夜久殷勤弄，心怯空房不忍归。

结句七个字写尽了孤居女子内心的凄苦和无奈。

这首诗是写夜深了不敢回房，还有的诗歌则写天亮了仍不愿出门。唐人刘方平《春怨》诗写道：

纱窗日落渐黄昏，金屋无人见泪痕。
寂寞空庭春欲晚，梨花满地不开门。

昨夜流泪无人知晓，今晨春风吹开了枝头梨花。那梨花不是白雪，胜似白雪，因为雪输梨花缕缕香也。然而这一切对于闺中怨妇说来，一点也引不起兴趣，连开门看看的兴致也没有，只好作罢“不开门”了。

闺怨诗中还有几首别具特色的有名小诗。一首是唐人金昌绪的《春怨》：

打起黄莺儿，莫教枝上啼。
啼时惊妾梦，不得到辽西。

女主人公的丈夫到辽西征战，一别数年。现实中无法见面，只能寄希望于梦中见面了。恳请黄莺儿善解一下人意，不要啼叫了吧，叫醒了我，则连梦中到辽西见面的机会也没有了。俏皮的语气中饱含着无尽的辛酸。

这是写思妇渴望做梦到辽西去与丈夫见面。唐人另有诗歌又翻一层新意：梦中见面后又能怎样呢？反而更添惆怅。张仲素的《春闺思》写道：

袅袅城边柳，青青陌上桑。
提笼忘采叶，昨夜梦渔阳。

渔阳，犹辽西，皆指征战的边地。梦中见过丈夫的面后，心神格外恍恍惚惚，痴痴地提着筐笼都忘了采桑叶了。昨夜梦中遇到什么事情致使采桑女如此如痴如呆呢？诗人不说破，让人细品，回味无穷。

征夫思妇的闺怨诗，唐人将方方面面可以说是写尽了，然而清人却又能另辟蹊径，自出新意，再创佳作。清人董以宁《闺怨》诗这样写道：

流苏空系合欢床，夫婿长征妾断肠。
留得当时临别泪，经年不忍浣衣裳。

离别后，对留在当年临别时衣裳上的泪痕，都是那么地珍惜。因为睹衣裳上的泪痕便如同见人，便回到当年依依惜别的情境中，便想起了当年在一起的欢乐的时光——于是乎一年又一年不忍心浣洗那件沾有泪痕的衣裳。乍读如不可思议，细想却令人动容。何等刻骨铭心，何等情深意长！

以上诗歌，都折射出古代女性的不幸命运。而今时代不同了，读读往昔的这些闺怨诗，或可使人们更加珍惜今天生活之美好！

玉颜不及寒鸦色：宫怨诗漫谈

在中国古代封建社会，一直施行着一种腐朽的后宫制度。《礼记·昏义》篇曰：“古者天子后立六宫、三夫人、九嫔、二十七世妇、八十一御妻。”隋炀帝即位后，首开广选民女入宫之恶例，后世沿袭，荼毒深远。多少女子被选入宫后，“一闭上阳多少春”，十六岁进宫、六十岁也没有见过君王面，“入时十六今六十”，“一生遂向空房宿”（白居易《上阳白发人》）。她们中不乏才女慧媛，用诗歌抒发不幸命运。历代特别是唐代也都有不少诗人，用充满同情的笔墨，从不同的角度描绘宫中女子悲苦怨恨的生活。我们把这类诗，称之为宫怨诗。历代诗歌中，题作《玉阶怨》《长门怨》《婕妤怨》《宫词》《宫人斜》等诗歌，大多属于宫怨诗。

最早的文学作品中，对后世宫怨诗产生明显影响的，要数汉代司马相如的《长门赋》。《汉武故事》记载有“金屋藏娇”的故事，所欲藏的阿娇就是后来的陈皇后。开始她深得武帝宠幸，后来失宠被打入长门宫。相传陈皇后派人用千金请司马相如作了一篇《长门赋》，赋中如下的辞句，极力地铺张独居冷宫的愁苦心情和凄凉境况：

夫何一佳人兮，步逍遥以自虞。
魂逾佚而不反兮，形枯槁而独居。

日黄昏而望绝兮，怅独托于空堂。

左右悲而垂泪兮，涕流离而从横。
舒息悒而增欷兮，蹝履起而彷徨。

据说武帝读了深受感动，于是对陈皇后复宠如初。这篇历来为人传诵的《长门赋》，可以说是描写宫怨题材的最早的成功之作，对后世宫怨题材的辞赋和诗词，影响十分深远。

汉武帝后，又历昭、宣、元三帝后的汉成帝，先是宠妃子班婕妤，后又另宠能掌上舞的赵飞燕。于是班婕妤自请退居长信宫，作《怨歌行》（又名《团扇歌》）。歌曰：

新裂齐纨素，皎洁如霜雪。
裁为合欢扇，团团似明月。
出入君怀袖，动摇微风发。
常恐秋节至，凉飚夺炎热。
弃捐箧笥中，恩情中道绝。

全诗看似咏扇，实则以扇喻人，句句写人。团扇美好漂亮，因有“动摇微风发”消暑纳凉的功效，故能得“出入君怀袖”的恩宠。然而一旦秋风吹起，天气一凉，便被弃捐一边，无人问顾了。宫中女子的命运也是如此：貌美得宠时，帝王宠幸，众星捧月；一旦色衰爱弛，被打入冷宫，遂境遇凄凉。所以唐人王昌龄在《长信秋词》中写道：

奉帚平明金殿开，且将团扇共徘徊。
玉颜不及寒鸦色，犹带昭阳日影来。

人因为失宠而被弃冷宫，与团扇因秋至而遭弃，命运相同；所以拿着团扇徘徊彷徨，实同病相怜也。后两句说人不如鸦，乌鸦尚且能从昭阳殿上飞过，沾一点君王的光泽，而冷宫中的“玉颜”却无缘见到君王。情何以堪？

这里说玉颜不及寒鸦，唐人孟迟在《长信宫》中则写玉颜不及燕子。诗曰：

君恩已尽欲何归，犹有残香在舞衣。
自恨身轻不如燕，春来长绕御帘飞。

后两句语义双关。一方面是说人不如燕，不如春来的燕子能绕君王居处飞来飞去；另一方面也可以理解为巧妙地暗用典故，是说长信宫中的主人，不及能作掌上舞的赵飞燕，整天在君王身边形影不离。

这两首诗写宫中之女子不如飞鸟，还有的诗则写不如落花、不如杨柳等。唐人郑谷《长门怨》写道：

闲把罗衣泣凤凰，先朝曾教舞霓裳。
春来却羡庭花落，得逐晴风出禁墙。

还有唐人李建勋《宫词》中也写道：

宫门长闭舞衣闲，略识君王鬓便斑。
却羡落花春不管，御沟流得到人间。

前一首是说人不如落花，落花可以从宫墙墙头上飞出去，去到自由的天地。后一首则说人不如落花，落花可以从宫墙墙脚下面的御沟中流出，来到自由的人间。像这类描写，还有五代花蕊夫人在《宫词》中写宫中人不如柳：

太液波清水殿凉，画船惊起宿鸳鸯。
翠眉不及池边柳，取次飞花入建章。

这方面最令人称道的，还要数明代刘基写的《玉阶怨》，可谓是后出转精，表情达意，缠绵婉转，倍深一层。诗曰：

长门灯下泪，滴作玉阶苔。
年年傍春雨，一上苑墙来。

长门冷宫中，摇曳青灯下，宫人在默默流泪；这泪使得玉阶上都生长出青苔。“滴作玉阶苔”，意蕴丰厚：一可见宫人泪流之多；二可见宫人泪流之不断，即每天不停地流，才能使玉阶上生苔；三可见一直无人到深宫中来——如果有人常来常往，踩踏玉阶，玉阶上自然也就生长不出青苔了。

诗写到这里，已经甚佳；而后两句更令人击节称奇：“年年傍春雨，一上苑墙来。”宫墙里的青苔啊，尚且可以年年依傍着春雨，沿着被春雨打湿的宫墙，慢慢地长出墙头，而宫中之人却永无出头之日！

春雨绵绵，秋雨凄凄，宫人流不尽的泪水，就像天上下不尽的雨水。唐人刘媛《长门怨》诗曰：

雨滴梧桐秋夜长，愁心和雨到昭阳。
泪痕不学君恩断，拭却千行更万行。

君恩容易中断，而泪水永不中断，擦去了千行又流出万行。唐人李益《宫怨》诗则写道：

露湿晴花春殿香，月明歌吹在昭阳。
似将海水添宫漏，共滴长门一夜长。

就像用海水来添注宫中的漏壶，何年何月才能滴完？悲苦无穷无尽，泪水没完没了，漫漫长夜，何时天明！

古代宫怨诗，大多怨而不怒，悲而不争，而唐人刘皂《长门怨》却不同凡响，令人耳目一新。诗写道：

宫殿沉沉月欲分，昭阳更漏不堪闻。
珊瑚枕上千行泪，不是思君是恨君。

寂寞冷宫，长夜难眠，珊瑚枕上，流下了千行万行泪水，这些泪水不是思君之泪，而是恨君之泪。何等深刻，何等冷峻！

帝制推翻，已逾百年，宫怨诗产生的土壤已被时代的潮流荡涤了。今天来读宫怨诗，无疑可以帮助我们加深对封建制度本质的认识。

爆竹一声除旧，桃符万户更新：咏除夕春节诗漫谈

春节，是中国人的传统佳节！我们今天将农历的正月初一称为“春节”，将公历的一月一日称为“元旦”；古时则以“春节”指立春，而称农历的正月初一为“元日”。《尚书·舜典》中有“月正元日，舜格于文祖”语，《后汉书》中也有“春正月元日”语。元日，古人又称为“元旦”。宋人吴自牧《梦粱录》中曰：“正月朔日（即初一），谓之元旦，俗呼新年。一年节序，以此为首。”而将一年中的最后一天即春节前一天的夜晚，称为“除夕”——旧岁至此夕而除，次日即为新岁，故称。除夕夜人们有守岁习俗，亲友们欢聚一堂，长夜不寐，等候新年到来。晋周处《风土记》载：“至除夕，达旦不眠，谓之守岁。”

古往今来，歌咏除夕和春节的诗歌很多。咏除夕的诗

歌，如唐太宗李世民的《守岁》诗中有句曰："寒辞去冬雪，暖带入春风。""共欢新故岁，迎送一宵中。"其《除夜》诗中有句曰："冬尽今宵促，年开明日长。冰消出镜水，梅散入风香。"除夕守岁，十分愉快；一宵之中，送旧迎新。唐来鹄旅居异乡，漂泊难归，除夕夜辗转无眠，其思乡之愁绪，尽融在《除夜》诗中："事关休戚已成空，万里相思一夜中。愁到晓鸡声绝后，又将憔悴见春风。"客居在外的宋代诗人黄公度，也曾于除夕之夜怀念家乡，写下了"爆竹一声乡梦破，残灯永夜客愁新"的好句。清代诗人黄景仁《癸巳除夕偶成》诗曰：

千家笑语漏迟迟，忧患潜从物外知。
悄立市桥人不识，一星如月看多时。

结句写除夕夜无月，诗人心情怅然，独立小桥，将一颗明亮的星星当成月亮，久久凝视。意境孤凄冷寂，情致悠然不尽。

在歌咏除夕的诗歌中，特别有趣的是宋代诗人范成大写过一组《腊月村田乐府》诗，共10首，分别描写了自己家乡吴中（今苏州一带）过年前后的种种风俗。其中一首叫《卖痴呆词》这样写道：

除夕更阑人不睡，厌禳钝滞迎新岁。
小儿呼叫走长街，云有痴呆召人买。
二物于人谁独无？就中吴侬仍有余。
巷南巷北卖不得，相逢大笑相揶揄。
栎翁块坐重帘下，独要买添令问价。
儿云翁买不须钱，奉赊痴呆千百年。

据说那时吴中一带孩子常患痴呆毛病，所以除夕之夜孩子们出来沿街叫卖，希望把“痴呆”卖掉，从而变得聪明起来。元人高德基《平江记事》一书中也记载道：“吴人自相呼为呆子，又谓之‘苏州呆’。每岁除夕，群儿绕街呼叫云：‘卖痴呆，千贯卖汝痴，万贯卖汝呆！见买尽多送，要赊随我来！’盖以吴人多呆，儿辈戏谑之耳。”其实这一习俗中所反映的孩子们不一定真有痴呆的毛病，它实际上表现的是父母希望自己的孩子都聪明、都有出息的善良愿望和美好企盼。庄子在《人间世》中所寓言的“栎树”，长得高大而且长寿，但实为无用之材。范成大以“栎翁”自称，自我解嘲。他热爱田园、热爱民众；以生花妙笔，将以上习俗描绘得栩栩如生，幽默可爱。尤其难能可贵的是诗人看到孩子们卖不出去“痴呆”，自己便主动去买，而且愿意将千百年的痴呆都买下来，好让无数的孩子都变得聪明伶俐起来。在这一风趣诙谐的诗句中，寄托了对下一代无私的爱，也体现了诗人的高尚人格！

唐宋时歌咏春节的诗歌，大都题为《元日》。如唐诗人方干《元日》诗句云：“暖日映山调正气，东风入树舞残寒。”宋诗人杨万里《元日》诗云：“夜半梅花添一岁，梦中爆竹报残更。方知人喜天亦喜，作么钟鸣鸡未鸣。”金人冯延登《元日隆安道中》写宦任深山一隅，年复一年，迟暮思乡之情，味之愈长：“山冈重复三竿日，溪路萦回一席天。老境飘零情更恶，又从马上得新年。”

歌咏春节的诗歌中最脍炙人口的，还要数宋代诗人王安石的《元日》：

爆竹声中一岁除，春风送暖入屠苏。
千门万户曈曈日，总把新桃换旧符。

在一阵阵“噼里啪啦”的鞭炮声中，旧的一年已经过去，春风送来了和暖之气；人们饮着用屠苏草泡制的酒，以庆贺新春的到来。千门万户在东升旭日映照下，渐渐地变得明亮灿烂起来；人们纷纷取下旧的桃符换上新的桃符。这首诗洋溢着浓浓的喜庆气息，节奏欢快，基调明朗，语言朴素，形象生动，写出了春回大地、万象更新的蓬勃景象。第三句意象明丽高远，第四句意蕴丰厚深邃，揭示了新事物必然代替旧事物的客观规律。全诗力旺气盛，景新情深，给人以欢乐、兴奋和鼓舞，乃歌咏春节的诗歌中的翘楚之作！后来人们将这首诗提炼为一副春联，叫做："爆竹一声除旧，桃符万户更新"。

另外，中国人有春节贴春联的习俗，至今此风仍盛。脍炙人口的春联，更是不胜枚举。如："一元复始，万象更新""春为一岁首，梅占百花魁""有天皆丽日，无地不春风""天增岁月人增寿，春满人间福满门"等等。还有一副对联十分巧妙。相传从前有几位秀才八月十五中秋赏月时，面对一轮圆月，一秀才忽然想得一句上联，曰：

天上月圆，人间月半，月月月圆逢月半；

月半，即农历十五。天上月亮圆时，正是人间农历十五；每一个月圆之夜，都是在农历月半之时。苦无下联，怅然而散。直到除夕之夜，诸友再次相聚守岁，迎接新年。受当时情境的触发，该秀才灵机一动，忽得下联，曰：

今夕年尾，明朝年头，年年年尾接年头。

今天晚上是旧的一年之尾，明天早上是新的一年之头；年年的年尾与年头都紧紧连接。——巧妙无比，绝对堪称是绝对（绝妙对联）！

春色满园关不住：咏春诗漫谈

春夏秋冬，周而复始。这是大自然不可抗拒的客观规律。春天乃一元复始，万象更新；为一年四季中的第一个季节，我国习惯指农历的正月至三月。春天意味着一个生气勃勃的开始，春天是播种希望的季节！春天是最富有生命力的季节！

所以，春天在人们的心中总是充满着浓浓的诗意。古往今来，人们总是喜欢用春天来比喻生活中美好的事物或美好的情感。如将一生最美好的时期称为青春时期；称颂师长或长辈的谆谆教诲给人以教益，谓之“春风化雨”“春风风人”“如沐春风”“如坐春风”；形容人们高兴的样子为“满面春风”；形容新生事物蓬勃发展为“雨后春笋”；形容医道高明为“妙手回春”；以“秋月春风”喻指美好时光，以“春花秋月”比喻良辰美景；形容良辰宝贵说是“春宵一刻值千金”；人们用“春”指草木生长或百花开放，喻指生机勃勃，称为“春意盎然”，“病树前头万木春”（刘禹锡《酬乐天扬州初逢席上见赠》）；还有用“春”喻指男女恋情情欲，如“有女怀春，吉士诱之。”（《诗经·召南·野有死麕》）以“春阳”喻指帝王的恩泽；唐代的酒多以“春”命名，故以“春醁”泛指美酒，等等。而在中国古代诗特别是唐诗中，更是留下了很多歌颂春天的佳作。其中，贺知章的《咏柳》尤其为人称道。我们这一讲，就是以这首咏春诗作引领，先赏析后，再集中讲一下唐人歌咏春天的诗歌。大体上按咏初春诗、咏盛春诗、咏暮春诗的顺序，选择若干小诗加以赏析。

一、咏初春诗——草色遥看近却无

经过了一个冬天的严寒萧瑟，温暖的春天又来到了人间，带给人们的是愉快和惊喜。歌咏初春的诗歌，从情感色彩方面可以用两个字来概括，那就是“惊喜”。唐人歌咏初春的诗歌中，尤为脍炙人口的就是贺知章歌咏春天刚刚到来时的柳树的《咏柳》。

贺知章（659—744），字季真，越州永兴（今浙江萧山）人，早年移居山阴（今浙江绍兴）。少以文词知名，性格放旷，晚年自号“四明狂客”；好饮酒，杜甫所作《饮中八仙歌》中，贺知章被列在八仙中的第一仙：“知章骑马似乘船，眼花落井水底眠”，李白列在第六仙。在唐代诗坛上，贺知章是一位长寿诗人，活了 86 虚岁。这个年龄在唐代诗人甚至在整个古代诗人中，都可以说是十分罕见的，差不多可以说是冠军了。我们知道李白活了 62 岁，杜甫活了 58 岁，比较长寿的白居易也只有 75 岁。《咏柳》诗曰：

碧玉妆成一树高，万条垂下绿丝绦。
不知细叶谁裁出，二月春风似剪刀。

春天来了，诗人欣喜的目光在柳树上扫过，兴奋地上下游动。这首诗一是层次清楚。诗人从柳的主干写到柳条，再从柳条写到柳叶，从整体写到具体，从全部写到局部，层次非常清楚。二是写景很美。新柳的主干如同碧玉妆扮而成、高高的一树。那低垂的葱绿的柳条，仿佛旌旗上那绿色的丝缕。丝绦，就是用丝编成的带子，或者饰在旗帜底边上的垂缕。“碧”和“绿”，乃是生命的本色——人们无论是在南方北方，也无论是在国内国外，推开窗子，扑入眼帘的凡是有生命的东西，大都呈现出绿色。放眼望去，无生命的砖头是青色的、石头是灰白的、煤炭是黑色的，而绝大多数有生命的植被都是绿色的，花儿是红色的，那是万绿丛中的点缀而已；枫叶是红的，那意味着生命快要完了。碧玉，绿丝绦，碧绿，青翠欲滴，何等美好！三是言在此而意在彼，诗题为《咏柳》，实则颂风。后两句是诗人在欣赏绿柳时禁不住兴奋地心口相商，先是自问：那一排排整齐、鲜嫩、透亮的绿叶，是谁剪裁出来的呢？紧跟着自答：是大自然这位能工巧匠，挥动二月春风的剪刀，精心剪裁出来的艺术珍品。

后来宋代诗人梅尧臣有诗句曰："春风骋巧如剪刀，先裁杨柳后杏桃。"(《东城送运判马察院》)清人金农有诗句曰："千丝万缕生便好，剪刀谁说胜春风。"(《柳》)都是从贺知章这两句诗点化出来的佳句。诗人越是把春柳写得美好，越是在烘托春风的无私惠物之功；因为这一切美好都是春风带来的。人们都知道，自然界的风，本来是无形、无色、无味，看不见，摸不着，抓不住，只能通过柳来显示，通过咏柳之美好，来赞颂风之无私惠物。正如清人江湜的《彦冲画柳燕》诗曰："柳枝西出叶向东，此非画柳实画风。风无本质不上笔，巧借柳枝相形容。"贺知章的《咏柳》，可谓是泼墨在柳，而归趣在风；歌咏的是绿柳，歌颂的是春风。

如果说贺知章的《咏柳》是一诗双咏，借歌咏绿柳来歌颂春风的话，那么中唐诗人韩愈的《早春呈张十八员外二首》也是一诗双咏，乃是借歌咏绿草来歌颂春雨。诗曰：

天街小雨润如酥，草色遥看近却无。
最是一年春好处，绝胜烟柳满皇都。

春天的小雨如酥地滋润着大地上的万物，大地上百草开始排芽。俗说“春雨贵如油”，“润如酥”的酥者，奶油也。诗中最精彩的是“草色遥看近却无”，初春时节，刚刚春回地暖，刚刚从土中努出了地表的小草嫩芽，细细微微，零零星星，远远看去呈现出淡淡的绿色，然而走近了再细看，却又看不分明了。体物细微，难怪清人黄叔灿激赏此句，谓“‘草色遥看近却无’，写照工甚，如画家设色，在有意无意之间。”（《唐诗笺注》）如此描写初春景致曲尽其妙的传神佳句，诚可谓是人人意中皆有，而人人笔下皆无。

唐人歌咏新春的诗歌，还有柳中庸的五律《幽院早春》。诗曰：

草短花初拆，苔青柳半黄。
隔帘春雨细，高枕晓莺长。
无事含闲梦，多情识异香。
欲寻苏小小，何处觅钱塘。

诗的前两联描写春天来了，绿草刚刚排芽，花的蕾苞儿刚刚拆开；苔藓青青，柳条刚刚吐出些许鹅黄。幽静的小院里，隔帘春雨，润物细无声；晓莺宛啭，惊破了高枕者的春梦。诗紧扣题目中的“幽院”“早春”，特色鲜明，意境清幽。

另外，施肩吾写有《长安早春》。诗曰：

报花消息是春风，未见先教何处红。
想得芳园十余日，万家身在画屏中。

春风吹开了迎春红花，从眼下这星星点点中，不难想象，十余日后那“万紫千红总是春”“万家置身画屏中”的美好景象，将是何等动人。

与这首诗意境相同的，还有唐人杨巨源的《城东早春》。诗曰：

诗家清景在新春，绿柳才黄半未匀。
若待上林花似锦，出门俱是看花人。

由初春零零星星的报春花，想到“上林花似锦”和“万家身在画屏中”，亦可见诗人善于驰骋丰富的想象，在已见之初春美景中，兴奋地联想到未来更加美好的盛春美景。有这种思维和理念，能对未来充满美好憧憬的人生，才会有不断追求的无限热情和奋勇前行的不竭动力。

二、咏盛春诗——千里莺啼绿映红

很快，热情的期待变成了美好的现实：上林花似锦，万家画屏中，盛春到来了。盛春时节，无限春光一下子涌向大地，春色无限，万紫千红；春意盎然，莺歌燕舞；唐韩翃《寒食》诗曰：“春城无处不飞花”，宋朱熹《春日》诗曰：“万紫千红总是春”。歌咏盛春的诗歌用两个感情色彩的字来概括，那就是“热烈”。

我们先欣赏一下杜甫的《江畔独步寻花七绝句》，其三曰：

江深竹静两三家，多事红花映白花。
报答春光知有处，应须美酒送生涯。

深藏不露、幽深隐蔽的江湾，绿竹掩映着三三两两的人家。不甘寂寞的抢着开放的春花，红红白白，交错盛开，一片热烈。面对如此美好的春光，诗人觉得不能辜负了“红花映白花”的盛景，应该呼朋唤友，欣赏美景，痛饮美酒，以享受美好而又有限的生涯。其五曰：

黄师塔前江水东，春光懒困倚微风。
桃花一簇开无主，可爱深红爱浅红。

在黄师塔前，江水东流，春风使人慵懒困倦。诗人陶醉在大好的春光里，鲜艳的无主桃花，令人眼花缭乱，美不胜收，都不知道该是爱那深红好呢？还是爱那浅红好呢？实际上诗人是既爱深红又爱浅红，爱春风中所有自由生长的万物，爱春风里所有按照自然本性自由开放的花朵。其六曰：

黄四娘家花满蹊，千朵万朵压枝低。
留连戏蝶时时舞，自在娇莺恰恰啼。

盛春时节，春光烂漫，朵朵花儿压满枝头，沉甸甸地花枝低垂。流连花丛中的蝴蝶，高兴地翩翩起舞；黄莺也欢快自由地歌唱，悦耳动听。大自然中的植物欣欣向荣，禽鸟生机勃勃，诗人则兴奋不已。正如周啸天先生曾这样赏析道："留连""自在"均为双声词，如贯珠相联，音调宛啭。"恰恰"为象声词，形容娇莺的叫声，给人一种身临其境的听觉形象。"时时""恰恰"为叠字，既使上下两句形成对仗，使语意更强，更生动，更能表达诗人迷恋在花、蝶之中，忽又被莺声唤醒的刹那间的快意。(《唐诗鉴赏辞典》)这种叠字手法，在第七首中也有运用。诗人写"繁枝容易纷纷落，嫩叶商量细细开。""纷纷""细细"这两个叠字，将"繁枝"和"嫩叶"拟人化，趣味化，格外传神。

此外，晚唐诗人杜牧写有七绝《江南春》。诗曰：

千里莺啼绿映红，水村山郭酒旗风。
南朝四百八十寺，多少楼台烟雨中。

这首诗曾经引起诗坛的一段争论。明代人杨慎在《升庵诗话》卷八中批评说："'千里莺啼'，谁人听得？'千里绿映红'，谁人见得？若作'十里'，则莺啼绿红之景，村郭、楼台、僧寺、酒旗，皆在其中矣。"因以认为所谓"千里"，乃"十里"传抄之误。清朝人何文焕则不同意杨慎的意见，反驳道："余谓即作'十里'，亦未必尽听得着、看得见。题云《江南春》，江南方广千里，千里之中，莺啼而绿映焉，水村山郭，无处无酒旗，四百八十寺，楼台多在烟雨中也。此诗之意既广，不得专指一处，故总而命曰《江南春》。诗家善立题者也。"

何文焕所驳甚是。其实，所谓"千里"者，乃虚数，指"一片"也。春天来到江南，一片莺啼，一片绿叶映衬红花，美景一望无边，没有尽头。"南朝四百八十寺"的"四百八十"，亦非实数，乃强调数量之多，意谓"无数"南朝所建的寺院，尽在无边的朦胧烟雨之中。今人俞陛云评此诗曰："前二句言江南之景，渡江梅柳，芳信早传，袁随园诗所谓'十里烟笼村店晓，一枝风压酒旗偏'，绝妙惠崇图画也。后言南朝寺院，多在山水胜处，有四百八十寺之多，况空濛烟雨之时，罨画楼台，益增佳景。"(《诗境浅说续编》)确为的评。

我们再看杜牧的另一首题为《清明》的诗：

> 清明时节雨纷纷，路上行人欲断魂。
> 借问酒家何处有，牧童遥指杏花村。

"雨纷纷"的"纷纷"这个词，非常准确地抓住了春雨的特征。春雨特征，就像杜甫所说的"随风潜入夜，润物细无声"。(《春夜喜雨》)如果不用"纷纷"而用"哗哗"，那就不是春雨而是夏雨了。"断魂"就是"销魂"，形容人的情感极度感伤或极度兴奋。这里是说行旅在外，遭遇到绵绵春雨的诗人，陡然兴起飘零凄凉之感。诗中人的情态和江南的蒙蒙细雨浑然一体，水墨飘逸，诚一幅《清明春雨图》也。尤其是结句"牧童遥指杏花村"中的"牧童"意象，称得上是点睛传神之笔。山野牧童形象和江南自然风光，以及纯朴的民情民风浑然一体。正是这"短笛无腔信口吹"的天真无邪的牧童，成为照亮全诗的灵光一点！

据传有人曾经认为杜牧的这首七绝，不够精炼，有字词同意重叠之嫌，说可以各句减两字，改为五绝。首句“时节”两字多余，就说：“清明雨纷纷”；第二句中的“行人”可不就是在“路上”吗？所以就说“行人欲断魂”；“借问”亦可省却，就说：“酒家何处有”；结句改为“遥指杏花村。”如果说前三句改得还差强人意的话，那么最不能删去的就是第四句中的“牧童”二字。天真淳朴的牧童形象，与质朴恬美的江南风景，意境浑然，相得益彰。删去了这个意象，全诗便神采大减，让人顿觉兴味索然。非但不能删去，连随意调换都不能。如果改换成“老人遥指杏花村”，显然太沉闷了；如果改换成“书生遥指杏花村”，又难免显得呆板、有书卷气；如果改换成“红袖遥指杏花村”，则太香艳了，而且容易引起歧义。只有“牧童”好，最精彩！词体文学兴盛后，又有人戏将此七言绝句，重新断句为：“清明时节雨，纷纷路上行人，欲断魂。借问酒家何处，有牧童遥指，杏花村。”——意趣倒是没有太大改变。

上面我们赏析了唐人歌咏盛春的诗歌，在宋诗中也有描写盛春的佳作，试举一首叶绍翁的《游园不值》。诗曰：

应怜屐齿印苍苔，小扣柴扉久不开。
春色满园关不住，一枝红杏出墙来。

题目中的“不值”，指因园门未开，意思是没有遇见园子的主人。值，遇也。柴门虽设而常关，上前轻轻地叩击而“久不开”。扣，通“叩”。后两句乃千古名句：“春色满园关不住，一枝红杏出墙来。”这一枝红杏，也不知逗出了古代多少诗人的诗情。最早是唐代诗人吴融两次写过杏花，曰：“一枝红杏出墙头，墙前行人正独愁。”（《途中见杏花》）“独照影时临水畔，最含情处出墙头。”（《杏花》）晚唐温庭筠写过杏花：“杳杳艳歌春日午，出墙何处隔朱门。”（《杏花》）北宋词人宋祁写过杏花的词句曰：“绿杨烟外晓寒轻，红杏枝头春意闹。”（《玉楼春》）南宋诗人陆游也曾引唐人原句入诗曰：“杨柳不遮春色断，一枝红杏出墙头。”（《马上作》）还有南宋诗人张良臣《偶题》诗曰：“谁家池馆静萧萧，斜倚朱门不敢敲。一段好春藏不尽，粉墙斜露杏花梢。”池馆里“藏不住”的无限“好春”，被斜露粉墙外的一枝“杏花梢”，给无意中泄露出去了。

而叶绍翁的这首诗，可谓是“出于蓝而胜于蓝”。通过实写“一枝红杏”，而虚写“满园春色”；用看得见的“一枝红杏”，写尽了看不见的满园春色。另外，“出墙来”比“出墙头”，显然要生动得多。一者使人感到墙内的春色，满得都关不住，溢出来了；二者“墙头”只是一个静止的事物，而“出墙来”，则化静为动，将杏花拟人化，那“一枝红杏”仿佛是一个活泼泼的、不愿意被束缚在园中的俊俏少女，俏皮地探头出墙，向外面精彩的世界欣喜地张望，充满了无限的情趣和神韵。这本来是十分美好的诗句，不幸的是后世不知何时、不知何人曲解其美好诗意，将男女之间的越轨行为，称为“红杏出墙”，颇煞风景，实在有必要为之正名。

这首诗不但写景生动，景中含情，而且在无意中自含哲理。霍松林先生认为这首诗：“景中寓理，能够引起许多联想，从而给人以哲理的启示和精神的鼓舞。‘春色’一旦‘满园’，那‘一支红杏’就要‘出墙来’向人们宣告春天的来临。一切美好的、向上的、生机勃勃的事物，都具有顽强的生命力，难道是墙能围得住、门能关得住的吗？”（《宋诗鉴赏辞典》）

三、咏暮春诗——可怜日暮嫣香落

人世间大凡美好的东西都是短暂的，都是很难长久的。青春是美好的，青春却在人的一生中匆匆而过；彩虹是美好的，彩虹却在雨后的晴空中转瞬即逝；春天是美好的，美好的春天也转眼之间很快过去。宋人秦观的《千秋岁》词中有句曰："日边清梦断，镜里朱颜改。春去也，飞红万点愁如海！"说春去了，人们的愁如大海一样浩瀚无边。歌咏暮春的诗歌，所具有的感情色彩也可以用两个字来概括，那就是"惋惜"。

唐孟浩然有一首脍炙人口的小诗《春晓》。诗曰：

春眠不觉晓，处处闻啼鸟。
夜来风雨声，花落知多少。

春天气温开始回暖，人睡得很香。首句说是"春眠不觉晓"，谓睡得很香很香都睡过头、天都亮了还醒不来；可见下面所写的则都是一觉醒来之后的情景。"处处闻啼鸟"，春天到处都听到百鸟欢鸣。韩愈《送孟东野序》曰："以鸟鸣春，以雷鸣夏，以虫鸣秋，以风鸣冬。"第三句从眼下又回到夜里，“夜来风雨声”，回想一夜的风雨不停；结句又回到当下，关心“花落知多少”，那盛开的春花也不知被吹落了多少。弥漫在这清新自然的诗句中的，既有对自由自在安乐人生的满足感，又充满了对美好自然的关切热爱之情，其中还流露出几许对春花飘零的无奈怜惜之意。

中唐诗人韩愈的《晚春》诗写道：

草树知春不久归，百般红紫斗芳菲。
杨花榆荚无才思，惟解漫天作雪飞。

这首诗的新颖别致之处在于将自然物拟人化，赋予草木以人的性格。生机盎然的草木知道春天即将过去，所以拼命地抓住春光的尾巴，争分夺秒地开出五彩缤纷的绚丽花朵，相互争奇斗艳。这是即将谢幕的最后繁荣，必须牢牢抓住，尽情展示。而那杨花榆荚，没有才思，只知道像雪花一样地漫天飘飞。

还有，李贺的《南园十三首》其一曰：

花枝草蔓眼中开，小白长红越女腮。
可怜日暮嫣香落，嫁与春风不用媒。

前两句写盛春花开时的热烈情景。花枝指木本花卉，草蔓指草本花卉，前者昂首高挺，十分劲健；后者低垂蔓延，柔婉有余。不管是木本草本，也不管颜色红红白白，都一起盛开，像“越女腮”一样地艳美动人。这里将鲜花拟人化，把娇艳的花朵比成越地美女的娇艳的面颊，赋予自然物以某种人的美好特质，格外生动形象。后两句盛极而衰，暮春花落，“可怜”二字传达出诗人无限惋惜的深情。结句又用拟人化的手法，说“嫁与春风不用媒”，落花委身于春风，不用媒人从中作合，表面上好像是两厢情愿似的，其实花何尝愿意离枝飘零，只不过是盛时已过，无可奈何花落去也。满怀愁绪，委婉深沉，带有浓厚的感伤色彩。

中唐诗人刘禹锡也写有《送春曲三首》，第一首曰：

春向晚，春晚思悠哉。
风云日已改，花叶自相催。
漠漠空中去，何时天际来。

第一首写晚春时节愁思悠然，风云改变景致，绿叶催落繁花，春天漠漠归去，不知何日再来。此乃送春之一叹也。

第二首曰：

春已暮，冉冉如人老。
映叶见残花，连天是青草。
可怜桃与李，从此同桑枣。

写春天很快到了残暮时节，如同人很快步入暮年光景。残花映叶，青草连天，当初美丽的红红桃花、白白杏花，如今美景不再，与普普通通的桑树、枣树一样了。此乃送春之二叹也。第三首曰：

春景去，此去何时回。
游人千万恨，落日上高台。
寂寞繁花尽，流莺归莫来。

写登上高台看落日，引起“游人千万恨”。痛惜春天无可奈何归去了，不知何日再重新归来？繁花落尽，园林空寂；流莺飞去，好似毫无反顾。此乃送春之三叹也。

刘禹锡还有一首《送春词》，也是抒发恨春归去之情。诗曰：

昨来楼上迎春处，今日登楼又送归。

兰蕊残妆含露泣，柳条长袖向风挥。

佳人对镜容颜改，楚客临江心事违。

万古至今同此恨，无如一醉尽忘机。

同一楼头，昔日登楼迎春，今日却登楼送春，转瞬之间，迎春的欢乐和送春的感伤交替，令人动情。第二联“兰蕊残妆含露泣，柳条长袖向风挥”，与作者《忆江南》词中写“春去也”的名句“弱柳从风疑举袂，丛兰浥露似沾巾”意思相同：飘动的柳条，如春姑娘挥动衣袖告别人们；兰花上的露珠，如春姑娘临行前惜别的泪水，洒湿佩巾，十分形象。春执意要去了，佳人美好的容颜也改变了，楚客心情也变得不顺，事事都与愿违了。最后，“万古至今同此恨，无如一醉尽忘机”，诗人由眼前感慨，延伸到远古至今，人同此恨，亦无可奈何，所以不如痛饮美酒，期在必醉，以陶然忘机也。以故作旷达、无可奈何作结，格外深沉。

晚唐诗人王驾的《雨晴》诗曰：

雨前初见花间蕊，雨后全无叶底花。

蜂蝶纷纷过墙去，却疑春色在邻家。

雨前，春天刚刚到来时，花儿争着吐出骨朵儿，三天五日尚未全开。而转眼到了暮春时节，一场风吹雨打，将本来争奇斗艳的烂漫繁花殒落近尽，剩下的只是新生长出来的满树绿叶。蜂蝶纷纷飞过院墙，给人一个错觉，误以为春色转到邻家去了。字里行间透露出诗人对繁花零落、春将归去的爱怜惋惜之情。结句“却疑春色在邻家”，对本不该疑的事物却生疑，可谓是神来之笔。

宋元话本小说《碾玉观音》中，记载无名氏写的一首七绝曰：

春日春风有时好，春日春风有时恶。
不得春风花不开，花开又被风吹落。

先是称赞春风好，好在春风吹开了百花，姹紫嫣红，美不胜收。又指责春风可恶，可恶在于把开得正好的百花又活活地吹落，残红飘飞，一片狼藉。令人对春风又喜又恨，真不知如何是好。

与上述既赞春风、又怨春风的观点相一致，南宋词人刘克庄的《卜算子》词，也是既赞美春天又责备春天。

词曰：

片片蝶衣轻，点点猩红小。道是天公不惜花，百种千般巧。　　朝见树头繁，暮见枝头少。道是天公果惜花，雨洗风吹了。

构思巧妙。上片写春花之美：片片花瓣如同蝴蝶的翅膀一样薄、一样轻，颜色则是点点猩红，小巧无比。如果你说老天不喜欢爱惜花，那么为什么造就了如此百种千般的新巧呢？下片则话锋一转，写早上还见到枝头繁花似锦，而到晚上就发现花儿已经飘零殆尽。所以如果说老天真的爱惜花的话，那么为什么又用风雨把美好的花儿吹落了呢？从不同的角度，写出词人对“无可奈何花落去”的无限怜惜之情。

其实，冬尽则春天如期归来，春来则万物萌发百花盛开，花开不是春风的功劳；很快匆匆春又归去，春归而残红飘零满地，花落也不是春风的过错。春秋代谢，节候变化，“一岁一枯荣”，皆天地间自然之理也；无法改变，也无须褒贬也。褒之、贬之，只是诗人的主观意念，或逞才使气、故作奇巧而已。中唐诗人王建《宫词一百首》中的第九十首这样写道：

树头树底觅残红，一片西飞一片东。

自是桃花贪结子，错教人恨五更风。

诗描写暮春时节，落花残红到处飘飞。是谁使得美好的红花飘零呢？细细想来，原本是因为桃花自己贪恋结出果实才自动凋谢的，人们却错误地怨恨五更的风吹落了桃花，这实在是错怪了春风。花应时而自然开放，花开花落之后则自然结出果实，此等本是自然之理，怪不得春风也。此思此想，实在是出人意料；然细思细想，亦自在情理之中也。

让我们一起热情地讴歌春天，让我们共同在春天里播种希望！

风光不与四时同：咏夏诗漫谈

春天是美好的，但人世间但凡美好的事物大都是不会久长的。不管人们怎么惋惜、怎么挽留，美好的春天还是很快就过去了。历朝历代的诗人们写下了无数伤春、惜春的诗歌，如我们上一次讲暮春诗中唐人韩愈的《晚春》诗所写的那样："草树知春不久归，百般红紫斗芳菲。杨花榆荚无才思，惟解漫天作雪飞。"各种各样的花草树木知道春天快要归去了，所以抓紧时光争奇斗艳地盛开。反过来看，越是如此争奇斗艳，越是表明春日无多，好景不长；因而也就越发激起游人赏春的兴致。

宋人欧阳修的《丰乐亭游春三首》其三曰：

红树青山日欲斜，长郊草色绿无涯。
游人不管春将老，来往亭前踏落花。

红树青山，夕阳西下；花开花谢，红瘦绿肥；小草如茵，遍布广阔的郊野，一片碧绿没有边际。游人们抓紧时间赏春，人来人往，熙熙攘攘，依依不舍，舍不得春归去，故而来往于丰乐亭前，踏着落花，欣赏这暮春残剩的美景。短短四句，把游客对春天的眷恋之情描写得缠绵而又淋漓尽致。欧阳修不愧是描写惜春的高手，这首诗使人不禁联想到他《蝶恋花》词中的名句："泪眼问花花不语，乱红飞过秋千去"，一样的多情，一样的怅惘。

宋人黄庭坚的《清平乐·晚春》词曰：

> 春归何处，寂寞无行路。若有人知春去处，唤取归来同住。　　春无踪迹谁知？除非问取黄鹂。百啭无人能解，因风飞过蔷薇。

春归到哪里去了，无人知晓；问问黄鹂，黄鹂只知道殷勤鸣叫，然而人们却听不懂那百啭鸟语，无法知晓其意。再怎么多、再怎么美的歌颂春天的诗歌，也挽留不了春姑娘归去的脚步，春天终究还是被夏天替代了。

一、咏初夏诗——叶阴迎夏已清和

春天后面紧跟着的是夏天，夏天乃一年四季中的第二季，即农历的四月至六月。不管人们愿意不愿意，炎热的夏天还是如期而来了。宋范成大《喜晴二首》其二曰：

窗间梅熟落蒂，墙下笋成出林。

连雨不知春去，一晴方觉夏深。

因为阴雨连绵，使得人们还感觉不到时令的迁移。但从梅子熟了、笋已成林的物候变化中，从一旦放晴气温骤升的闷热感觉中，猛然之间，人们“方觉夏深”。“方觉”一词，传达出诗人惋惜春天匆匆归去、忽觉夏天突然来临的感叹：四时交替之倏忽，寒来暑往之倏忽，光阴流逝之倏忽，人生岁月之倏忽！

范成大还有一首《初夏》。诗曰：

晴丝千尺挽韶光，百舌无声燕子忙。

永日屋头槐影暗，微风扇里麦花香。

前两句描写初夏时典型的风景，就是晴空里飘荡着昆虫吐出的缕缕游丝；游丝拂动，仿佛是在挽留美好的春光。春光里鸣叫的百舌鸟儿，此时已经消歇无声，而燕子却忙着衔泥垒巢。后两句写夏日到来，白昼开始变长。永，本指水流长，引申为长，兼指时间和空间。槐树已经绿叶成荫遮住了屋檐，表明节候已经入夏。吹荡的微风里送来了醉人的麦花清香。范成大不愧是著名的田园诗人，对夏日田园特有风光的把握十分准确，晴丝、燕子、槐影、麦花香，一片祥和景象，饱含沉醉之情。

夏日的大自然，红花飘零，绿树成荫，芳草遍地，风物景色，与春天有很大的不同。唐李商隐《晚晴》诗中说“深居俯夹城，春去夏犹清”，意思是说春去夏来，初夏时节天气仍然清和，不太炎热。唐钱起七律《早夏》诗中间两联写道：

花萼败春多寂寞，叶阴迎夏已清和。
鹂黄好鸟摇深树，细白佳人著紫罗。

花萼已经衰败，春花已经凋谢，枝头不再有百花争艳的美景。炎炎夏日里，成林的绿树浓荫盖地，浓荫下清和宜人。这就是陶渊明笔下的“蔼蔼堂前林，中夏贮清阴”（《和郭主簿》），朱熹笔下的“窗户贮清阴”（《夏日》），那遍地的绿荫和沁人心脾的凉意，是何等的惬意。黄鹂在枝叶稠密的树梢欢叫着，肌肤细腻白嫩的佳人卸下了春衣，开始换上夏装，穿起那紫色的薄薄的罗衣。如此的人情物态，自有其鲜明的夏日色彩。

唐元稹《夏》诗也写道：

夏风多暖暖，树木有繁阴。
新笋紫长短，早樱红浅深。

夏天的风吹在身上暖暖的，这应该说的是初夏的风；因为其和暖的程度，自然比春风的暖要更胜一筹。与春天树木刚刚抽枝展叶不同，夏天的树木已经枝叶舒展，十分繁密，一片浓荫。紫色的新笋破土而出，短短长长，拔节竞生；樱桃有的已经开始成熟，有的还很青涩，其颜色因成熟的程度或深或浅，而红得浅深不一。如此描写，正是抓住了夏景的特色，自然与春景大异其趣。

诗圣杜甫晚年安居在成都的浣花溪畔，有了栖身之所，暂得闲适时，于初夏时节，写了一首题为《江村》的诗曰：

清江一曲抱村流，长夏江村事事幽。
自去自来梁间燕，相亲相近水中鸥。
老妻画纸为棋局，稚子敲针作钓钩。
但有故人供禄米，微躯此外更何求。

长长的夏日里，居处有清澈的浣花溪弯弯曲曲绕村流淌，环境是何等的清幽。飞来飞去的小燕子自由自在，欢快嬉戏的白鸥相亲相爱，自然界的万物充满意趣。老妻为做棋局而画纸，多么亲切；稚子敲针制作钓鱼钩，多么质朴天真，人事方面充满幽趣。最后诗人表达了浮生若此，“夫复何求”的满足与欣喜之情。

此外，宋人司马光也写过一首描写初夏很有特色的诗《客中初夏》。诗曰：

四月清和雨乍晴，南山当户转分明。
更无柳絮因风起，惟有葵花向日倾。

四月初夏，雨后放晴，天气清和，已经没有春天那种柳絮飘飞的缭乱景象了，有的只是向着太阳盛开的葵花。因为抓住了不同季节的不同特征，让人一读就知道这不是春景，而是初夏之景。

二、咏盛夏诗——南州溽暑醉如酒

盛夏时节，天气炎热，晚唐诗人王毂的七律《苦热行》的前四句写道："祝融南来鞭火龙，火旗焰焰烧天红。日轮当午凝不去，万国如在烘炉中。"祝融，传说中的火神。盛夏赤日炎炎，"万国如在烘炉中"，气候的一个最大特点就是溽暑难熬。加上昼长夜短，本来睡眠时间就不足，加上夜晚闷热（那时只有蒲扇，没有电扇、空调），还有蚊虫叮咬，更加难以入眠。所以夏天人们普遍缺眠，导致白天容易犯困，这便使得人们有了一个昼寝的习惯。

唐柳宗元《夏昼偶作》诗曰：

南州溽暑醉如酒，隐几熟眠开北牖。
日午独觉无余声，山童隔竹敲茶臼。

盛夏潮湿闷热，暑热难挨，使人也变得浑身慵懒绵软，犹如喝醉了酒一样。打开北窗，清风徐来，伏在小桌子上不知不觉睡着了。醒来后周围寂静无声，唯有竹林外传来儿童一下一下捣茶臼的声音，显得格外清晰。小诗犹如白描，清新如画，将山村夏日中午闷热寂寥的情景，刻画得生动传神。

同样的小诗，还有宋人杨万里的《闲居初夏午睡起》写道：

梅子留酸软齿牙，芭蕉分绿与窗纱。
日长睡起无情思，闲看儿童捉柳花。

梅子酸牙软牙齿，翠绿的芭蕉叶子与绿窗纱相映成趣。白昼漫长，诗人午睡起来，百无聊赖，看孩子们欢快地追逐着捕捉那随风飘飞的柳花。儿童们追逐着风中那时起时落飘忽不定的柳絮，捉来捉去也捉不到手，诚可谓是着一“捉”字而境界全出也。

盛夏时节，白天酷热，夜晚也很闷热。杨万里小诗《夏夜追凉》曰：“夜热依然午热同，开门小立月明中。竹深树密虫鸣处，时有微凉不是风。”夏日的凉风何等宝贵。他还有一首将自然拟人化的小诗《暮热游荷池上》，要用衣襟拦风。诗曰：

细草摇头忽报侬，披襟拦得一西风。
荷花入暮犹愁热，低面深藏碧伞中。

细草像人一样地摇头报告金风来了的消息，于是诗人把清凉的西风像好友一样地半道拦住。西风，犹金风；多指金秋时节的凉风。池塘里的荷花，也像人一样因为愁热而躲藏到荷叶绿色的小伞下。此情此景，生动逼真，可谓是妙趣横生。

苏东坡有描写田园生活的词《浣溪沙五首》，其四描写了夏日农村喜人情景和酒后犯困的困倦情态。词曰：

簌簌衣巾落枣花，村南村北响缫车。牛衣古柳卖黄瓜。　　酒困路长惟欲睡，日高人渴漫思茶。敲门试问野人家。

上片描写农村生产和田园生活的情景：夏日枣花飘飞，为缫丝而摇动缫车的声音在村子里响成一片，身穿蓑衣的老农在古老的柳树荫下大声吆喝着卖黄瓜。下片描写酒后犯困，加之日高天热昏昏欲睡，口渴思茶便敲开村民的柴门讨水喝。小词犹如一幅农村风俗画卷，朴素清新，情态宛然。以田园生活入词，乃苏轼首创。

此外，宋人张耒的《夏日》诗曰：

长夏江村风日清，檐牙燕雀已生成。
蝶衣晒粉花枝午，蛛网添丝屋角晴。

夏日江村风和日丽，房檐上的燕雀雏鸟已经孵出，在窝里嗷嗷待哺。粉蝶展翅在花丛中飞舞，屋角的蜘蛛网上又添加了新的蛛丝，在放晴的阳光下分外扎眼。夏日江村，一片生机，无限情趣。

再如宋人戴敏的《夏日》诗曰：

乳鸭池塘水浅深，熟梅天气半阴晴。
东园载酒西园醉，摘尽枇杷一树金。

初夏时节刚刚孵出的小鸭子，在门前的池塘里欢快地戏耍；黄梅天阴晴不定，树上的梅子半生半熟。东园西园的邻里朋友们欢聚痛饮，一醉方休；成熟的枇杷一树金黄，主客们尽管采摘，尽情享用夏日的嘉果。夏日田园，鸭戏池塘，人醉西园，梅熟枝头，枇杷金黄，美不胜收。

三、咏夏荷诗——映日荷花别样红

夏天的花与春天的迎春花、桃李花等，在品种花式上有明显不同。夏天比较典型花有楝花，还有菱花、荷花、蔷薇花、石榴花等。唐无名氏咏夏诗句曰：“楝花开后风光好，梅子黄时雨意浓。”“楝花开”“梅子黄”，这些都是夏天特有的景色，给人的感觉自然也不同于春天。明人邵亨贞《贞溪初夏》中也写到初夏楝花：“楝花风起漾微波，野渡舟横客自过。”等等。

楝花之外，唐韩愈还有描写榴花的小诗《榴花》。诗曰：

五月榴花照眼明，枝间时见子初成。
可怜此地无车马，颠倒青苔落绛英。

首句说五月火红的榴花“照眼明”，“石榴花开红似火”，历来人都喜欢红得像火苗一样的榴花；元人马祖常《折枝石榴》诗句曰：“蕊珠如火一时开”；元无名氏的散曲《寄生草》中也有句曰：“榴花烂漫如吐火”。榴花的花谢则果成，而与其他花果里面大多只有一两个果核不同，石榴的果实里多籽，多得很难数清。中国人有一个传统理念：多子多福，因此传统观念上认为石榴是吉祥之果，理应为人们所追捧。但韩愈在诗中说因为石榴树所处的地方偏僻，没有车马过往欣赏，所以榴花只能自开自落，散落在青草苍苔之上。从怜惜石榴花红照眼然无人欣赏中，透露出诗人自己怀才不遇的怅惘之情。

宋苏舜钦也在题为《夏意》的七绝中描写榴花曰：

别院深深夏席清，石榴开遍透帘明。
树阴满地日当午，梦觉流莺时一声。

诗人写在深宅大院里消夏纳凉，透过竹帘看到庭院里的石榴开得一片火红。后两句写黄莺的啼叫惊醒了诗人的午梦，方才发觉已经到了当午时节。语言清新俊畅，意境明丽清幽。

除了写石榴花，还有描写夏日的菱、萍和蔷薇的。如唐杜牧的《齐安郡后池绝句》诗曰：

菱透浮萍绿锦池，夏莺千啭弄蔷薇。
尽日无人看微雨，鸳鸯相对浴红衣。

首句写目中所见之色：碧绿的菱叶透出水面的浮萍，高高挺立，像一片织锦覆盖了池面。次句写耳中所闻之声：夏日的黄莺在蔷薇花丛中自由啼叫，百啭千声。前两句清新雅致，有色有声。后两句写环境之幽静。尽日，就是一整天。一整天蒙蒙细雨都没有人欣赏，唯有那对对鸳鸯在水中欢然共浴，梳洗着自己漂亮的羽毛。真是一幅色彩鲜明、生机勃勃的夏池微雨图。

夏日里盛开的花中，除了上面举到的楝花、榴花、蔷薇花等花外，最美、最典型、最有代表性的无疑是荷花。咏荷的诗文词赋中最有名的、影响最大的，无疑要数宋人周敦颐所作的《爱莲说》。《爱莲说》中有咏荷名句曰：

予独爱莲之出淤泥而不染，濯清涟而不妖，中通外直，不蔓不枝，香远溢清，亭亭净植，可远观而不可亵玩焉。

咏菏之形、之神、之品、之韵，脍炙人口，无出其右。特别是“出淤泥而不染”一句，体现了一种超然独立、不为外物侵染的君子品格，砥砺人们在污浊的环境里不同流合污，保持纯洁的操守。宋人史绳祖将这篇《爱莲说》与屈原的《橘颂》并立在一起，称赞道：“濂溪周子作《爱莲说》，谓莲为花之君子，亦以自况，与屈原（所作《橘颂》）千古合辙。不宁为是，而二篇之文，皆不满二百字，咏橘、咏莲，皆能尽物之性。格物之妙，无复余蕴。”

唐人咏荷诗很多，初唐诗人卢照邻《曲池荷》诗曰：

浮香绕曲岸，圆影覆华池。
常恐秋风早，飘零君不知。

前两句写景，荷池芳香浮动，飘绕曲岸，圆圆的荷叶覆盖池面，翠绿一片。后两句则即景生担忧叹息之情，就生怕秋风早至，荷花难免凋残零落。诗人对荷花由赞花到惜花、忧花、吊花，抒发了对人生盛衰难料、好运难久的隐忧。

唐人郭震的七绝《莲花》则将莲花拟人化。诗曰：

脸腻香薰似有情，世间何物比轻盈。

湘妃雨后来池看，碧玉盘中弄水晶。

前两句把莲花比作美女，娇艳妩媚，体态轻盈。“世间何物比轻盈”，以设问加倍地补足了美好。后两句巧妙地借多情的湘妃之美目，展示所见雨后荷花情态之美：荷叶如同碧绿的玉盘，上面的水滴如同水晶珠一样的晶莹剔透。诗人采用比拟的手法，侧面烘托，遗貌取神。

唐人李群玉有一首小诗《莲叶》也很有特色。诗曰：

根是泥中玉，心承露下珠。

在君塘下种，埋没任春蒲。

首句说莲叶的根也就是水塘底下那洁白的藕，生长在淤泥中而不为淤泥所染，纯洁如玉。次句写莲叶的中心承接着的露水，明净如珠。赞美莲藕“出淤泥而不染”，内心纯净，情操高洁，既十分形象，且精警动人。三四句显然是含有深意，从莲叶任凭水草欺凌被蒲叶埋没中，暗含美好高洁不被赏识的怀才不遇之悲愤，在对莲藕荷叶的美好描写中寄托遥深。

晚唐的“小李杜”也都有歌咏荷花的佳作。杜牧的《齐安郡中偶题二首》，其一曰：

两竿落日溪桥上，半缕轻烟柳影中。
多少绿荷相倚恨，一时回首背西风。

前两句描写夏日黄昏的景象。溪桥上的夕阳已经离地面不远，柳影在淡淡的轻烟中似有若无，为后两句写荷花制造了一个恬静和谐的氛围。那密密层层的绿荷，相互依傍，一阵风吹来，翻动着的荷叶一起背过身去，好像饱含着无限的怅惘之情。情景交融，意趣悠然，引人无限遐想。

李商隐则写有七言六句的《赠荷花》诗。诗曰：

世间花叶不相伦，花入金盆叶作尘。
惟有绿荷红菡萏，卷舒开合任天真。
此花此叶常相映，翠减红衰愁杀人。

开头说人世间对花和叶的态度很不一样，不能同等对待；把花栽在精致的铜盆里，而叶子只能落入土中化为灰尘。只有清池上那盛开的荷花不同寻常，同样的荷叶有舒有卷，同样的荷花有开有合，一任天然本性，没有雕琢粉饰。但愿那绿色的荷叶与红色的荷花，能长久地相倚相偎相映成趣。而一旦秋风吹起，翠绿的荷叶衰枯掉落，红色的荷花凋谢飘零，那将是多么令人愁苦至极的事情啊！

此外，唐人来鹏（或作来鹄）有《偶题二首》，其一曰：

> 近来灵鹊语何疏，独凭栏干恨有殊。
> 一夜绿荷霜剪破，赚他秋雨不成珠。

前两句明写闺怨，谓近来灵鹊报喜稀少了，独自凭栏怨恨日增甚多。王仁裕《开元天宝遗事》："时人之家闻喜鹊声皆为喜兆，故谓灵鹊报喜。"后两句借对荷叶残破雨水不能成珠，暗喻人事之不能圆满。河塘里本来美好的翠绿荷叶，想不到一夜之间就被如同剪刀一样的秋霜给剪破了；秋雨洒落在这残破的荷叶上，再也不能滚成一个个圆圆的水珠了。诗人巧妙地用一个"剪"字和一个"赚"字，将秋霜秋雨拟人化，好像是秋霜拿着冰冷锋锐的剪刀剪破了荷叶；骗得秋雨还一个劲不停地往残破的荷叶上滴落，想要在荷叶上洒雨成珠。比拟生动，想象奇特，设喻含蓄而又巧妙。

唐宋诗人咏夏荷的诸多诗歌中，最有名的、最为人传诵的，当数宋杨万里的《晓出净慈寺送林子方》。诗曰：

毕竟西湖六月中，风光不与四时同。
接天莲叶无穷碧，映日荷花别样红。

诗人认为西湖春夏秋冬皆美，但毕竟最美的是六月盛夏时节：那一望无际远接天边的莲叶无穷地翠碧，艳阳映照的荷花在莲叶映衬下别样地火红！杨万里同时所作的《清晓湖上》诗句曰："六月西湖锦绣郎，千层翠盖万红妆。"可以对读。这首《晓出净慈寺送林子方》是描写夏日西湖之美的七绝佳作，与苏东坡描写西湖之美的七绝佳作《饮湖上初晴后雨》，我以为是歌咏西湖的双璧。东坡诗曰：

水光潋滟晴方好，山色空蒙雨亦奇。
欲把西湖比西子，淡妆浓抹总相宜。

一双玉璧，相映生辉，皆可称得上是"看似寻常最奇崛，成如容易却艰辛"（王安石《题张司业诗》）的咏西湖千古绝唱。

美哉，盛夏！但转眼之间，暑往寒来，秋天来了。唐人刘得仁《晚夏》诗曰：

日夕是西风，流光已半空。
山光渐凝碧，树叶即翻红。

早晚时节，金风萧瑟过山林，流光飞逝，山色凝碧，树叶渐渐变红了。红叶与黄叶一起飘落，一叶落知天下秋，秋天来到了人间，既别有一番秋色到眼前，也别有一番秋思上心头。

一叶落知天下秋：咏秋诗漫谈

宋人唐庚《文录》、陈元靓《岁时广记》卷三，引唐无名氏有句曰："山僧不解数甲子，一叶落知天下秋。"意思是说久居深山里的僧人，不知道去数日历以计算岁月时令，但只要看见树上一片叶子落下，便知道秋天已经悄然来临。一叶知秋，语本《淮南子·说山训》："以小明大，见一叶落而知岁之将暮，睹瓶中之冰而知天下之寒。"后人遂以此来比喻由细微的迹象，就能推知未来事物发展变化的必然趋势。

一、咏秋至诗——自古逢秋悲寂寥

春夏秋冬，寒来暑往，这是大自然不可抗拒的客观规律。"自古逢秋悲寂寥"（刘禹锡《秋词二首》其一），战国时屈原在《九歌·湘夫人》写下了千古咏秋名句："袅袅兮秋风，洞庭波兮木叶下。”秋风袅袅，吹动了洞庭湖上的水波渺渺，吹下了洞庭湖畔秋林里的木叶，萧萧瑟瑟到处飘飞。屈原的此咏秋名句，催生出唐诗圣杜甫的咏秋名句：“无边落木萧萧下，不尽长江滚滚来。”（《登高》）

与屈原并称为“屈宋”的诗人宋玉，在《九辨》的开头，便写下了咏秋名句曰：“悲哉，秋之为气也！萧瑟兮，草木摇落而变衰。”令人生悲啊，秋气肃杀悲凉，草木枯萎，落叶纷纷飘落，一片衰飒景象。下面还描写了衰飒的秋景：“廓落兮，羁旅而无友生；惆怅兮，而私自怜。燕翩翩其辞归兮，蝉寂寞而无声。雁廱廱而南游兮，鹍鸡啁哳而悲鸣。独申旦而不寐兮，哀蟋蟀之宵征。”燕子翩然归去，秋蝉不再鸣叫，群雁啼叫着南翔，鹍鸡的声音细小悲鸣，蟋蟀因寒凉而连夜转移，这一切都烘托了秋天肃杀寒凉的氛围。这是《九辨》开头一段中的描写，下面还有很长的篇幅，通过写景咏物来烘托情感和意绪，有较强的艺术感染力。

西汉武帝刘彻作有咏秋的《秋风辞》。其序曰：“上行幸河东，祠后土。顾视帝京欣然，中流与群臣饮宴。上欢甚，乃自作秋风辞。”辞曰：

秋风起兮白云飞，草木黄落兮雁南归。
兰有秀兮菊有芳，怀佳人兮不能忘。
泛楼船兮济汾河，横中流兮扬素波。
箫鼓鸣兮发棹歌，欢乐极兮哀情多。
少壮几时兮奈老何！

从语气上看，诗序不像是诗人的自撰语，而是他人记载此事时的叙述语。全诗明显受楚地歌辞的影响，清人沈德潜说这首诗有“《离骚》遗响”(《古诗源》)，可谓切中肯綮。首句模仿汉高祖刘邦的《大风歌》：“大风起兮云飞扬”，秋风阵阵，白云飞扬；草木枯黄，纷纷飘落；云中北雁，队队南飞。接下来三、四句模仿屈原《九歌·湘夫人》中的“沅有芷兮澧有兰，思公子兮未敢言”，写春兰秋菊，各有秀芳；秋思佳人，不能忘怀。于是乘楼船渡过汾河，中流击楫，素白的浪花四处飞扬。然而乐极生悲，见秋风而顿起感伤之情。由秋风送寒，岁月若流，联想到人生苦短，少壮几何，转眼之间已经无奈步入老境。写景凄清，抒情凄凉，与咏秋诗文的主体基调相吻合。这首《秋风辞》文风质朴，情词并茂，继承了楚辞的风格，作为帝王之作，实属难能可贵。

到了三国时期，魏文帝曹丕写过一首《燕歌行》，被人们称为中国诗歌史上留存下来的最早的一首完整的七言诗，影响甚远。诗曰：

> 秋风萧瑟天气凉，草木摇落露为霜，群燕辞归雁南翔。念君客游思断肠，慊慊思归恋故乡，君何淹留寄他方。贱妾茕茕守空房，忧来思君不敢忘，不觉泪下沾衣裳。援琴鸣弦发清商，短歌微吟不能长。明月皎皎照我床，星汉西流夜未央。牵牛织女遥相望，尔独何辜限河梁。

《燕歌行》乃乐府旧题，大都抒写男女相思离别之情。诗的开头三句，以写景起兴。描写秋景的衰飒基调与前人咏秋诗赋相同，选取的意象也都是秋风萧瑟、草木摇落、露结为霜、北雁南翔等。雁，《宋书·乐志》作“鹄”。接下来写思妇因秋而引发起对远方游子的断肠之思：“念君客游思断肠，慊慊思归恋故乡，君何淹留寄他方。”在责备对方为什么还滞留远方不思早日归来中，抒发了“茕茕守空房”、整日以泪洗面的孤独与悲伤。最后，以牛郎织女隔银河空相望的神话故事，进一步深化了独守空闺的深沉哀痛。全诗情感饱满，抒情细腻，委婉流畅，音节和谐。清人吴淇称赞此诗：“风调极其苍凉。百二十字，首尾一笔不断，中间却具千回百折，真杰构也。”（《六朝选诗定论》）

二、咏秋声诗——听得秋声忆故乡

跟秋天相关的历史故事中，尤为突出的是“莼羹鲈脍”的故事。西晋文学家张翰，字季鹰，生卒年不详，吴郡吴县（今江苏苏州市）人。为人旷达不拘，时人把他与“竹林七贤”之一的阮籍阮步兵并称为“江东步兵”。据《晋书·文苑传·张翰》记载：“翰有清才，善属文，而纵任不拘。”在洛阳为官时，他见秋风起而生故乡之思，竟然决意挂冠而去。“翰因见秋风起，乃思吴中菰菜、莼羹、鲈鱼脍，曰：‘人生贵得适志，何能羁宦数千里以要名爵乎！’遂命驾而归。”《文选》所载他抒写归隐感叹的《杂诗》中有句曰：“青条若总翠，黄花如散金。”“黄花如散金”句，为人推重。南朝梁钟嵘《诗品》称为“黄花之唱”，李白也有“张翰黄花句，风流五百年”（《金陵送张十一再游东吴》）的赞语。

南朝宋刘义庆的《世说新语·识鉴》中，也有跟《晋书》类似的记载。曰："张季鹰辟齐王东曹掾，在洛，见秋风起，因思吴中菰菜羹、鲈鱼脍，曰：'人生贵得适意尔，何能羁宦数千里以要名爵！'遂命驾便归。俄而齐王败，时人皆谓为见机。"后遂以"莼羹鲈脍"用为因思乡而辞官的典故，亦称思乡为"莼鲈之思"。唐王维《送从弟蕃游淮南》诗："归来见天子，拜爵赐黄金。忽思鲈鱼鲙，复有沧洲心。"李白《秋下荆门》诗中也有句曰："此行不为鲈鱼鲙，自爱名山入剡中。"星换斗移，沧海桑田，岁月如流，人变事迁，时至今日，因思乡而辞官的事，罕矣！

唐诗人张籍（约766—830），字文昌，原籍吴郡吴县（今江苏苏州市），少时侨居和州（今安徽和县）。也是旅居洛阳时，跟张翰一样，见秋风送凉便引起了怀乡之情，写下了《秋思》一诗。诗曰：

洛阳城里见秋风，欲作家书意万重。
复恐匆匆说不尽，行人临发又开封。

诗人也是客居他乡，见秋风起而怀念起家乡；一怀念家乡，便愁思万重，纷至沓来，一发而不可收。思念起家乡亲人，又不能动身回家探望，便立马有写一封家信的冲动。于是提笔写家书，一提起笔来，便有很多很多事情涌上心头，要说的话千言万语，八行云笺，已经写了一张又一张，刚刚封好信封交给行人带走，但就在行人转身刚要离开的时候，诗人又想起一些事情，于是便叫回行人，拆开信封，又写一些加进去、再写一些再加进去。“行人临发又开封”，可见诗人对故乡和亲人的情感，何等饱满、何等充沛、何等深厚。

秋气肃杀，秋风萧瑟，人们往往见秋风而愁起，听秋声而心惊。或游子思乡：“晓发梳临水，寒塘坐见秋。乡心正无限，一雁度南楼。”（唐·赵嘏《寒塘》）“平生最识江湖味，听得秋声忆故乡。”（宋·姜夔《湖上寓居杂咏》）或征人思妇：“烽火城西百尺楼，黄昏独坐海风秋。更吹羌笛关山月，无那金闺万里愁。”（唐·王昌龄《从军行七首》）或闺中怀远：“井边桐叶鸣秋雨，窗下银灯暗晓风。书信茫茫何处问，持竿尽日碧江空。”（唐·鱼玄机《情书寄李子安》）“望秋风，数秋风，等得秋来等过鸿。灯前书一封。”（宋·胡翼龙《长相思》）或表达对友人的怀念：“欲持一瓢酒，远慰风雨夕。落叶满空山，何处寻行迹。”（唐·韦应物《寄全椒山中道士》）

等等。

如唐人王涯写有一首抒发闺中秋思的《秋夜曲》。诗曰：

桂魄初生秋露微，轻罗已薄未更衣。
银筝夜久殷勤弄，心怯空房不忍归。

秋天的夜晚，月儿初生，秋露微微。空房无人，寂寥难居，独坐庭除，皎洁明月下的闺人，虽然弹筝已久，夜深露冷，衣单体凉，然而也还迟迟不肯回房。其原因是更害怕那无人相伴的空房，让人心寒而不敢回也。结句七个字“心怯空房不忍归”，写尽了孤居女子内心的凄苦和无奈。

这些是写因秋而闺中生怨情的，至于因秋而思友的，则更为普遍。如唐诗人贾岛的《忆江上吴处士》。诗曰：

闽国扬帆去，蟾蜍亏复圆。
秋风生渭水，落叶满长安。
此地聚会夕，当时雷雨寒。
兰桡殊未返，消息海云端。

这是一首秋日里思念朋友的诗歌。首联叙事，自从你扬帆远去福建后，已经月圆月缺几回了。蟾蜍，即癞蛤蟆。传说中称月中有蟾蜍，因以蟾蜍指代月亮。“蟾蜍亏复圆”，月亮缺了又圆、圆了又缺，意谓时间过了很久。回想分别的时候，秋风吹拂着渭水，落叶四处飘飞，洒满了长安城。当时为你饯行送别的夜晚，雷雨交加充满了寒意。结尾说你至今还没有乘船返回，消息不通，远在天边。意思是不知道何日能返回，实际上是希望早日有消息传来，盼望早日归来。兰桡，指木兰树做的船桨，也有认为是桨的美称。这里以桡桨代指船。古汉语中常常以事物的部分代指事物整体，比如还有用帆代指船。殊，犹。颔联“秋风吹渭水，落叶满长安”，乃咏秋名句，历来为人们所称道。

三、咏秋景诗——我言秋日胜春朝

在咏秋诗的一片萧瑟肃杀氛围中，晚唐诗人杜牧的七绝《山行》，历来被人们称作是格调明朗、情绪乐观的咏秋之作。诗曰：

远上寒山石径斜，白云生处有人家。

停车坐爱枫林晚，霜叶红于二月花。

寒山，指秋天的山。弯弯曲曲的山间小路，通向那白云飘生处的山里人家。坐，因为。诗人停下车子是因为喜爱、欣赏夕阳中的枫林晚景：那火红的枫林，又涂抹上一层火红的夕阳，何等艳丽炫目；那经秋霜染后的红叶，如同燃烧的火苗，实在比二月的春花更让人兴奋、沉醉。

后世一般读者都是这样解读的，认为“霜叶红于二月花”表达的感情基调是热烈的、振奋的，这当然是完全可以的，也是无可厚非的。但如果我们联系杜牧所生活的晚唐时代背景——已经是“无可奈何花落去”了、“流水落花春去也”了，联系诗人自己的人生落魄境况——“十年一觉扬州梦，赢得青楼薄幸名”，再细细体味的话，总会隐隐地感觉到弥漫在诗的字里行间的，依旧是晚唐诗人李商隐“夕阳无限好，只是近黄昏”（《登乐游原》）般的惆怅和无奈。因为只有葱绿的翠叶，才是生机蓬勃的标志；而经秋的枫叶越是火红，越意味着生命快要完结，快要从枝头飘零了。因此，笔者曾经在反其意而题咏红叶的诗中，写过这样一首七绝：“万口传诵杜牧诗，寒山石径行迟迟。纵然霜叶无限好，到底已近飘零时。”不敢自以为是，然“诗无达诂”，亦或为一解也。

要说咏秋诗中，真正称得上格高调爽、描写得色泽明亮的，那还要数中唐诗人刘禹锡所作的《秋词二首》。其一曰：

自古逢秋悲寂寥，我言秋日胜春朝。
晴空一鹤排云上，便引诗情到碧霄。

首句说自古以来逢到秋天，人们都心情寂寥而生悲。可是我要说秋天比春天更美好。秋天晴空万里，气爽宜人；放眼望去，寥廓纯净，一鹤排云，便把诗人兴奋的诗情引上了广袤无垠的碧空。悠然绵邈，畅然欢愉。其二曰：

山明水净夜来霜，数树深红出浅黄。
试上高楼清入骨，岂如春色嗾人狂。

第二首中的“嗾”，本意为使唤狗的声音；后以“嗾使”比喻怂恿别人作坏事。我们中文系倪其心先生曾经这样精彩地分析道：诗人在欣赏明净的山水和斑斓的树色中，

“流露出高雅闲淡的情韵，泠然如文质彬彬的君子风度，令人敬肃。谓予不信，试上高楼一望，便使你感到清澈入骨，思想澄净，心情肃然深沉，不会像那繁花浓艳的春色教人轻浮若狂。末句用‘春色嗾人狂’反比衬托出诗旨，点出全诗暗用拟人手法，生动形象，运用巧妙。”（《唐诗鉴赏辞典》）这首诗才是一扫悲秋之气，而对“秋日胜春朝”发自内心的由衷赞美！

唐诗之后，宋词和元曲中也有咏秋的名篇，如范仲淹（989—1052）的词《苏幕遮》。词曰：

碧云天，黄叶地。秋色连波，波上寒烟翠。山映斜阳天接水。芳草无情，更在斜阳外。　黯乡魂，追旅思。夜夜除非，好梦留人睡。明月楼高休独倚。酒入愁肠，化作相思泪。

词的上片写景，从大处落笔，浓墨重彩。云天碧蓝，黄叶满地，天地之间一片秋色；秋色还连到水波之上，波上寒烟染翠。夕阳映照着远山，远处水天相连茫茫一片。青青的芳草，更在那斜阳之外。下片抒情，抒情则畅达淋漓，黯然凄怆。漂泊天涯的游子，夜夜唯有好梦伴人睡。不要在明月之夜倚楼饮酒，望远怀人，因为酒入愁肠，都化作了相思之泪。宋初的词，都是只有词牌没有词题；这首《苏幕遮》词，如果加一个题目的话，当以《秋思》为最恰当不过。清人彭孙遹在其《金粟词话》中盛赞道："前段多入丽语，后段纯写柔情，遂成绝唱。"

说到"秋思"，元人马致远有一首散曲，题目就叫作《天净沙·秋思》。散曲曰：

> 枯藤老树昏鸦，小桥流水人家，古道西风瘦马。
> 夕阳西下，断肠人在天涯。

首句写藤是枯死了的藤，树是衰老的树，鸦是黄昏中的乌鸦，都是非常凄凉黯淡的景。第三句写道是古道，风是秋风，马是瘦马，也都是凄凉黯淡的景。但在这两组凄凉黯淡的景之间，却加进一句"小桥流水人家"，安宁幽静，大大地增加了画面的明亮度和暖色调，实在是不同寻常。这三句中并列的、相对独立的、基本上没有关联词的九个景，被下一句"夕阳西下"四个字，统摄在一起，使之浑然一体。就好像是给多种景色的一幅画，抹上了一层底色，巧妙地将分散的九个景有机地联系起来，实在是不同凡响。最后一句“断肠人在天涯”，逼出主旨，落到了题目的情感语“思”字上，抒发了对远在天涯的、让人柔肠寸断刻骨铭心的人儿无尽的思念。小令虽短，神韵悠然。

元曲中还有曲牌名相同的一首《天净沙》，作者是白朴，题目是《秋》。散曲曰：

孤村落日残霞，轻烟老树寒鸦，一点飞鸿影下。
青山绿水，白草红叶黄花。

这首曲前两句并列六景，第三句是一景，都是秋景。后面两句又并列五景，秋天的特色也十分鲜明，而且色彩十分丰富：山是青山，水是绿水，草是白色的枯草，叶是火红的枫叶，花是黄色的菊花，色彩丰富，美不胜收。但因为曲的题目是《秋》，比马致远的《秋思》少了一个关键字“思”，所以从头到尾写的全是秋景。虽然在写景中也透露出作者对秋的喜爱之情，但因为没有什么寄寓和情感，所以，远不如马致远的小曲来得情景交融、意蕴丰厚，来得流布广远、脍炙人口。

秋天处于成熟与凋零之间，成熟是指秋天是收获的季节，辛勤劳作的汗水终于结出了累累硕果。“夫春树桃李，夏得荫其下，秋得食其实。”（《韩诗外传》）只要在秋风里结好你的果实，又何须在春花面前害羞！而凋零则是指硕果收获后，在萧萧秋风、瑟瑟秋雨中黄叶飘零，香消翠殒，万物落下了生命的帷幕，躲进了严寒的冬宫。

秋天又是五彩斑斓、缤纷灿烂的季节，具有变化万千、千奇百怪的无穷魅力。刚才分析到的元人白朴小令《天净沙·秋》中，那青青的远山，绿绿的碧水，白白的秋草，红红的枫叶，黄黄的菊花，还有什么比这更美的秋景呢？宋人苏轼在《赠刘景文》一诗中，则赞美秋景乃是一年中最美丽的景色。诗曰：

荷尽已无擎雨盖，菊残犹有傲霜枝。
一年好景君须记，最是橙黄橘绿时。

是的，一年中最好的季节，就是橙黄橘绿的金秋时节。

“萧瑟秋风今又是，换了人间。”(《浪淘沙·北戴河》) 这是作为诗人的毛泽东，对秋风中新的时代风貌的热情讴歌。是的，秋风年年有，人间时时变，而且越变越精彩、越变越美好!

千树万树梨花开：咏冬诗漫谈

春种，夏长，秋收，冬藏——四季交替，劳作不已；代代相传，生生不息。《尚书·洪范》曰："日月之行，则有冬有夏。"冬天是一年四季的最后一季，指农历的十月至十二月。晋人夏侯湛《寒苦谣》诗描写冬季的景象是："惟立冬之初夜，天惨懔以降寒。霜皑皑怪被庭，冰溏瀩于井干。草槭槭以疏叶，木萧萧以零残。松陨叶于翠条，竹摧柯于绿竿。"谓立冬之后的夜晚，寒风凛冽。霜雪白皑皑地覆盖了庭院，薄冰凝结在水井的栏杆边。溏，像糊状的，不凝结的。瀩，凝附。草树黄叶飘零，稀稀疏疏，空萧萧的。槭槭，草树光秃秃的样子。松的翠叶受损，竹的绿竿遭摧。晋吴声歌曲《子夜四时歌》也唱道："渊冰厚三尺，素雪覆千里。我心如白雪，君情复何似。"描写冬日冰冻三尺，雪覆千里；并以白雪表白心之纯洁。

《晋书·天文志上》也写道："冬天阴气多，阳气少；阴气暗冥，掩日之光，虽出犹隐不见，故冬日短也。”不但白昼短，阳光照射短，而且光照的热度也不够。因此，在我国绝大多数地区，冬天的气候都是寒冷的，北方尤其多冰雪。《诗经·小雅·四月》曰：“冬日烈烈，飘风发发。”烈烈，即冽冽，十分寒冷；发发，疾风怒号声。北风怒号，冰天雪地，乃冬天的主要景观。因此，咏冬的诗歌，很自然以歌咏冰雪为最大特色。

一、唐前咏雪诗——未若柳絮因风起

据《晋书·列女传》中记载：有一年冬天，谢道韫与叔父谢安等亲友“尝内集，俄尔雪骤下，（谢）安曰‘何所似也？’安兄子（谢）朗曰：‘散盐空中差可拟。’道蕴曰：‘未若柳絮因风起。’安大悦。”面对突然降雪，谢安让在座的家人描绘一下眼前下雪的情景：白雪纷纷何所似？侄儿谢朗认为，差不多可以用空中撒盐来比拟。散，分散开，意思是撒播。侄女谢道蕴则说道，那还不如说是柳絮被春风吹起漫天飘扬，更好一些。谢安听了十分高兴。谢安喜欢雪，自己也曾描写冬雪是：“鲜冰玉凝，遇阳则消。素雪珠丽，洁不崇朝。”（《与王胡之诗》）谓鲜冰如玉，可是太阳一照则消融；白雪如珠玉纯洁，但却保持不了多长时间。崇朝，犹终朝，从天亮到早饭时；有时候也喻指时间短暂，犹言一个早晨。谢道蕴把纷纷扬扬的雪花，比拟成春风中飘飘扬扬的柳絮，实在是一个好比喻。好就好在：一是以杨柳白絮之飞扬，比拟白雪之飘洒，形象生动鲜明；二是使人在衰飒的严冬中感受到春天温暖的气息，满含生机、生意。后世因以“咏絮”，作为称扬女子能诗善文之典（不能以“咏絮”称男子之才）。如南唐张泌《碧户》诗：“咏絮知难敌，伤春不易裁。”碧户，犹玉户；这里乃女子闺房的美称。

东晋大诗人陶渊明在《癸卯岁十二月中作与从弟敬远一首》诗中，有四句是描写下雪情景的。诗曰：

> 凄凄岁暮风，翳翳经日雪。
> 倾耳无希声，在目皓已结。

岁暮寒冬，彤云密布，大雪纷纷扬扬下了一天。“倾耳无希声，在目皓已结”，希，谓听之不闻。老子《道德经》：“大音希声。”结，一作洁，谓洁净，也通。这两句是说虽然雪轻轻落地细无声息，听之一无所闻，使人悄然不觉；然而不一会儿，诗人一抬头望窗外则“在目皓已结”矣，已经满目皎洁白茫茫一片矣。生动传神，乃咏雪之佳句也！

南朝宋山水诗人谢灵运（385—433）的《岁暮》诗曰：

殷忧不能寐，苦此夜难颓。
明月照积雪，朔风劲且哀。
运往无淹物，年逝觉易催。

描写岁暮隆冬的夜晚，诗人寒冷寂寞，忧愁深广，夜不能寐。殷，盛大，众多。接下来“明月照积雪，朔风劲且哀”，描写冬夜北风怒号、大雪纷飞的情景。前一句是眼中所见之景：凄凉的月亮那惨白的光辉冷冷地映照着死寂的厚厚积雪。后一句是耳中所闻：怒吼的北风疯狂地摇动着瘦骨嶙峋的树枝，无情地抽打着积雪。一个“哀”字是移情于物，把诗人内心孤独凄凉的情感外物化、形象化。钟嵘在《诗品序》中称赞道：“‘明月照积雪’，讵出经、史？观古今胜语，多非补假，皆由直寻。”最后两句是诗人感叹世间万物都随着时间的流逝而走向消亡，哪有永恒不变的事物呢！淹物，长久之物。

南朝宋还有著名诗人鲍照（约415—466），字明远，曾为前军参军，人称鲍参军。写过一首《学刘公干体五首》，其三曰：

胡风吹朔雪，千里度龙山。
集君瑶台上，飞舞两楹前。
兹晨自为美，当避艳阳天。
艳阳桃李节，皎洁不成妍。

诗题中的刘公干，即刘桢，“建安七子”之一，五言诗的代表作为《赠从弟三首》，分别以蘋藻、松、凤凰为吟咏对象，是借咏物以喻人的咏物诗。鲍照的这首诗结构和旨趣，都是拟学刘桢的《赠从弟三首》，所咏之物是冬雪，亦有喻指和象征意义。开头点明所咏乃朔雪。胡地猛烈的北风吹着朔雪越积越厚，覆盖了千里龙山，渲染了一幅千里冰封、万里雪飘的浩大壮阔景象。下面两句是一个特写：一片片的飞雪集落在瑶台之上、飘舞在两楹之间。以“君”称雪，透出诗人对雪的喜爱之情；以“飞舞”状朔雪的美姿，表现出诗人的由衷欣赏之意。下面四句由对雪的描写生发开去，转向议论。谓雪当其严寒的早晨“自为美”，自以为很美；但得小心一会儿红日升起，艳阳高照，就难免要被融化掉。艳阳天乃桃李盛开的诗节，自然不能容忍朔雪的皎洁美好了。这里以“艳阳”比喻恶劣的环境氛围，以“桃李”比喻得势的小人，当小人得势之时，正直高洁之士就难容于世了。元末明初人刘履对这首被选入《文选》中的诗，品评称赞道：“此明远被间见疏而作，乃借朔雪为喻。”“词虽简短，而托意微婉。”（《选诗补注》）

此外，南朝梁何逊（472—519）作有《咏春雪寄族人治书思澄诗》曰：“可怜江上雪，回风起复灭。本欲映梅花，翻悲是玉屑。”何逊另外作有一首《和司马博士咏雪诗》曰：“凝阶夜似月，拂树晓疑春。萧散忽如尽，徘徊已复新。暂蔽卷纨质，复惭施粉人。若逐微风起，谁言非玉尘。”

关于冬天纷飞的大雪和茫茫的雪景的描写，宋人胡仔在《苕溪渔隐丛话》中引《西清诗话》所载张元作的《雪》诗曰：“战罢玉龙三百万，败鳞残甲满天飞。”诗人把那漫天飞舞的雪花，比喻和想象成被战败的玉龙的败鳞残甲，大片大片地从空中飘飞落下。玉龙的鳞甲自然是白色的，从天空落下，犹如漫天飞舞的白雪从天空飘落。比喻新颖，想象奇异，而且气势非凡！

对于雪景的描写，唐人高骈还别具一格从社会学的独特角度，称颂雪的另外一个特殊功能，就是遮蔽住了人间的“恶路歧”。其《对雪》诗写道：

六出飞花入户时，坐看青竹变琼枝。
如今好上高楼望，盖尽人间恶路歧。

六出，雪花的代称，因雪花形状是六角，故称。前两句说雪花飘飞入户，眼看着窗外原本青青的竹枝，被白雪裹结成了白玉一样的琼枝。等过不了多久的时间，再登上高楼远眺，就只见白茫茫的一片，原来的大大小小纵横交错的道路、包括形形色色的“恶路歧”，都一起被大雪覆盖，什么也看不见了。在如此真实的写景中，寄托了诗人希望消除普天下所有邪径恶路的美好愿望，体现了作者雪洗邪恶、造福众生的济世情怀。

二、唐人咏雪诗——千树万树梨花开

唐诗中，歌咏冬天、歌咏飞雪的名篇佳句很多，我们从中选择一些咏雪诗试加赏读。

盛唐边塞诗人岑参在西部戍边时，写过一首《白雪歌送武判官归京》。诗曰：

北风卷地白草折，胡天八月即飞雪。
忽如一夜春风来，千树万树梨花开。
散入珠帘湿罗幕，狐裘不暖锦衾薄。
将军角弓不得控，都护铁衣冷难着。
瀚海阑干百丈冰，愁云惨淡万里凝。
中军置酒饮归客，胡琴琵琶与羌笛。
纷纷暮雪下辕门，风掣红旗冻不翻。
轮台东门送君去，去时雪满天山路。
山回路转不见君，雪上空留马行处。

这本是一首在边陲风雪中送朋友回京的送别诗，前十句重在写题目中的“白雪歌”，作为送别的背景。后八句主要写题目的后一半“送武判官归京”，也是紧紧扣住在雪地里送别的情景。

开头写西部边陲自然气候很不一般，胡天八月就飘下了大雪。“北风卷地白草折”，本来草是柔软的，常理是风吹草偃，风一吹过，草就低下了。这里却说“白草折”，枯草都断折了。由此可见：一是天气十分寒冷，冷得将枯萎的白草都冻僵硬了；二是北风十分猛烈，将冻僵硬的白草给刮折了、刮断了。

接下来两句是咏雪名句："忽如一夜春风来，千树万树梨花开。"就像是一夜春风吹来，将千树万树的梨花都吹开了。将积压枝头的白雪，想象成春风里一树一树盛开的洁白的梨花，用梨花来比拟白雪，不但形象鲜明，而且使人在大雪纷飞中产生一种春意融融的感觉。清人方东树称赞道："'忽如'六句，奇才奇气，奇情逸发，令人心神一快。须日诵一过，心摹而力追之。"（《昭昧詹言》卷一）接下来的第五、六句，写飞雪散入珠帘打湿了帷幕，入侵的寒气使得狐裘着身都不感觉到暖和，盖的锦被也显得单薄不暖。第七、八句说奇寒冻硬了的角弓，连将军都拉不开了；铁衣铠甲，冷得都护都难以着身。第九、十句写冰天雪地，瀚海里纵横着百丈冰凌，茫茫的长空愁云惨淡万里凝结。如果没有过西北边陲隆冬严寒中的生活经历、没有身临其境切身感受过的人，是很难描写得如此真切的。

以上十句，"雪"贯穿诗句之中，或明出雪，或暗出雪，寒意弥漫在诗的字里行间。以下八句主要写送别，以冰天雪地为背景，但却写得情感热烈，深情无限。最后的结句写朋友骑马而去，诗人久久地伫立在边塞的雪山脚下，目送朋友拍马远去的身影，转过远处的山口，朋友和马儿都被高高的雪山遮挡住，在眼前消失不见了，唯有雪地上留下一行马蹄印，由近而远地向前无尽地延伸，依依不舍的诗人的心，也已经沿着这一行马蹄印，追随陪伴着朋友远去。“山回路转不见君，雪上空留马行处”，显得余韵袅袅，不绝如缕。

大雪纷飞的夜晚，白居易写过一首《夜雪》。诗曰：

已讶衾枕冷，复见窗户明。
夜深知雪重，时闻折竹声。

熟睡中的诗人，被枕衾突然变得寒冷而警醒，惊讶原来夜里下起了大雪，这是写感觉。因为下雪，夜色中的窗户变得白亮起来，这是写视觉。后两句则写听觉，从屋外陆陆续续传来的树木枝条被断折的声音中，诗人知道是积雪压断了竹子。可见大雪下得猛、下个不停。短短四句，层次曲折，回环生姿，运笔之妙，令人击节。宋代大诗人陆游也有意境大致相同的小诗《雪夜作》写道：“雪重从压竹，竹折有奇声。雪深亦莫扫，小窗终夜明。”

如此雪夜，如果能围炉饮一点小酒，那该多好啊。想到饮酒，诗人立即自然而然地想到如果有好朋友来一起对酌，那该更加惬意。白居易的小诗《问刘十九》，正是在这样的一种心境下写出来的。诗曰：

绿蚁新醅酒，红泥小火炉。
晚来天欲雪，能饮一杯无？

室内是新酿的尚未滤清的酒，素朴小巧的泥炉中炉火正红。绿蚁，指浮在新酿的还没有滤清的米酒上的绿色的泡沫。醅，酿造。而室外却是天色阴沉沉的，暮雪将要飘落，寒意森森。此种情境下，试问老朋友："能饮一杯无？"此时你能过来一起喝一杯吗？刘十九，姓刘，名字不知，排行十九。可以想象，刘十九老弟接到老朋友白居易的邀请，一定会欣然前来，开怀畅饮，开怀畅谈。人生能在如此雪夜与好友围炉对酌，忘怀得失，忘记时光，一醉方休，此乐何及也！一千多年过去了，至今读这首小诗，我们依然被挚交好友的真情所感动；依然可以真切地感受到"天欲雪"的寒夜中，那炉火的温暖，新酒的清醇，友情的温馨。那浓得化不开的巨大的诱惑力，让人读着读着，禁不住口渴思饮酒，

“一杯一杯复一杯”，宠辱皆忘，飘然欲仙，身心俱醉矣。

描写冬日这种清冷寂寞的意境，在柳宗元的《江雪》中，表现得尤为突出。诗曰：

千山鸟飞绝，万径人踪灭。
孤舟蓑笠翁，独钓寒江雪。

千山，不是实指而是概指，即所有的山；所有的山上飞鸟都已经绝迹。万径，也不是实指，也是概指，即所有的小路；所有的小路上人的踪迹都灭没了。在这茫茫的寒江之上，只有一条小船，小船上只有一个身穿蓑衣、头戴斗笠的渔翁，竟然不怕雪大天冷，忘情地在寒风中专心默默地垂钓。垂钓什么呢？垂钓“寒江雪”。形体孤独，画面空寂，意境幽冷，但渔翁的性格却显得孤傲，甚至有点清高，不屑与世相争。结句倒点题——《江雪》，格外警醒。这正是诗人被贬后思想情感的无言寄托和孤寂心境的真切写照。

还有刘长卿的小诗《逢雪宿芙蓉山主人》，用白描手法，勾勒出诗人冬日日暮风雪中投宿的情景。诗曰：

日暮苍山远，天寒白屋贫。
柴门闻犬吠，风雪夜归人。

时已日暮，暮色中苍山茫茫。天气寒冷，贫居陋室。白屋，表示所居简陋贫寒。后两句写狗吠声从柴门外传来，这是在欢快地迎接主人于风雪夜中归来。结句点睛，余味无穷。

三、其他咏雪诗——飞入芦花皆不见

在宋代钱易的《南部新书》中，提到唐代有两个擅长写作打油诗的作家，其中一个叫张打油，生平事迹不详。《全唐诗》中没有收录其人的诗，而在明人杨慎的《升庵外集》中，收了张打油的一首《雪》诗。诗曰：

江山一笼统，井上黑窟窿。
黄狗身上白，白狗身上肿。

说一场大雪，使得天地之间一片白茫茫，万事万物都模糊不清。笼统，形容物体的上下部分、大小形状等都没有显著的差别。这是雪后总的状况，质朴而又气势。下面举了三个雪后事物，生动形象。一个是原来的水井，只露出一个黑洞洞的窟窿；一个是原来的黄狗，因为白雪在身变成了白狗；一个是原来的白狗，身上加上了白雪显得肥胖臃肿起来。诗歌风格素朴率直，幽默诙谐，称得上看似大俗实则大雅之作。将其置于历代文人咏雪诗中，笔者以为也不逊色。

此外，相传明代才子、画家唐寅唐伯虎，也曾作过一首亦俗亦雅的咏雪诗。诗曰：

一片一片又一片，二片三片四五片。
六片七片八九片，飞入芦花皆不见。

前三句颇与打油诗相仿佛，只是简单地数雪花的片数，作为铺垫。最后一句却不同凡响，说天上片片白色的雪花，飞入地上一大片白白的芦花丛中，倏忽不见，融为一体了。前三句铺垫，看似平平常常，甚至有点笨拙、啰嗦；但正因为有了这样的重叠铺垫和反复渲染，最后一句“飞入芦花皆不见”，才能收到出人意料、臻于妙境的艺术效果。

宋代咏雪词中，女词人孙道绚的《清平乐》词，带有女性色彩，别具特色。词曰：

悠悠扬扬，做尽轻模样。夜半萧萧窗外响，多在梅边竹上。　　朱楼向晓帘开，六花片片飞来。无奈薰炉烟雾，腾腾扶上金钗。

这首词一作赵彦端作，字句多有不同，曰："悠悠漾漾，做尽轻模样。昨夜潇潇窗外响，多在梅梢柳上。画楼拂晓帘开，六花一片飞来。却被金炉香雾，腾腾扶上琼钗。"孙词的上片，描绘下雪时，雪花轻盈飘落"在梅边竹上"，"做尽轻模样"的情景，笔触细腻生动。下片写雪花好似与闺中女子相识，飞进朱楼，触摸女主人头上金钗，仿佛在嬉戏逗耍。既赋予雪花以活泼泼的性格，又衬托出女词人观察飞雪的细致入微和赏雪的浓郁兴致。

冬日里，百花凋零，唯有梅花冲寒怒放，所以咏雪诗多将白雪与梅花并咏。北宋词人晏殊《玉堂春》词中有句曰："后园春早，残雪尚濛烟草。数树寒梅，欲绽香英。"谓早春残雪中，寒梅欲吐蕊绽放幽香。南宋诗人杨万里《观雪》诗中有句曰："落尽琼花天不惜，封它梅蕊玉无香。"宋词人管鉴《水龙吟·夷陵雪作》描写梅花开后的春雪景象。其上片曰："晓来密雪如筛，望中莹彻还如洗。梅花过了，东风未放，满城桃李。碎剪琼英，高林低树，巧装匀缀。更江山秀发，田畴清润，满眼是、丰年意。"早春时节，桃李竞放，一场瑞雪，乃丰年之兆也，令人欣喜。

宋末诗人卢梅坡，别名卢钺，生平事迹不详。作有《雪梅》诗两首，以拟人化的口吻，写梅与雪互相争胜，不落俗套。其一曰：

梅雪争春未肯降，骚人阁笔费评章。
梅须逊雪三分白，雪却输梅一段香。

其二曰：

有梅无雪不精神，有雪无诗俗了人。
日暮诗成天又雪，与梅并作十分春。

第一首写梅与雪互相争胜，梅姑娘和雪公子两个人各不相让。惹得诗人无心题咏，只得放下笔来，进行一番评判：梅姑娘比雪公子在洁白方面要稍逊三分，而雪公子却比梅姑娘少了一段幽香。梅之幽香，雪之洁白，特色不同，各有千秋。

第二首也是从第三者的角度，继续评说：如果只有梅花没有雪，就不精神了；但如果只有雪而没有梅，就难免俗气了。腊梅之雅致，冬雪之精神，各具特色，相得益彰。既有雪，又有梅，才会有“十分春”。如此公允的评价，不但梅、雪心悦诚服，而且后来的历代读者，对于诗人的评价，也都首肯。

是的，冬天已经来临，春天还会远吗？！

附录

撰联选录

诗词选录

撰联选录

我们中国汉字的特点是单音节、方块字，能组成对偶句。而世界上其他文字基本上都是拼音连写，是不能组成严格意义上的对偶句的。所以，对联是我们中华民族文化宝库中特有的一朵奇葩。

对联的基本要求有：字数相等，词性相近，语义相类，平仄相反。尤其是上联的最后一个字一定要是仄声，下联的最后一个字一定要是平声，叫作“仄起平收”。中国的对联十分丰富，欣赏起来妙趣横生，而撰写起来也往往因难成巧，苦中有乐。这些年来，我曾经在不同情况下为不同的事情撰过对联。现不揣浅陋，胪列出几联，一则就教于方家，二则分乐于诸友。

一

1998年是北京大学建校100周年校庆，欢庆的气氛远远溢出了北大校园，颇有普天同庆之势。我校物理学院院友们热情集资，在物理大楼门前修建了一个花坛，在花坛正面的大石头上想镌刻一副对联。当时物理学院的领导周先生找我，要求就是要把“物”和“理”两个字嵌进对联中去。我撰了三副，他们组织了一些教授、院士进行评品，最后一致选定的一副是：

物格无止境

理运有常时

意思是说人类探索事物的客观规律是永远没有止境的，而事物发展演进的命运却是有一定之限的。下联本来应该是“理运有常数”，但“数”字是仄声，便改为“时”字，所幸意思上基本相符。他们请我校书法名家张振国（字翁图）教授用颜体书写好，镌刻在花坛前的大理石上。后来他们给我写了一封感谢信，还要给一点润笔费，我一笑婉拒。

二

2008年9月初，校领导带领国内合作部和有关责任部门领导，到山东日照开展校市共建活动。日照是个好地方，地处连云港与青岛之间，像一个养在深闺的处子，不施粉黛，天生丽质，妩媚动人：大海一望无际，沙滩细软平展，草木葱茏，空气清新。日照古属莒地，莒以黑陶闻名于世。日照又是我国纬度最北部的绿茶生产基地，其茶香味淳，沁人心田。日照还是古代文学理论最伟大的著作《文心雕龙》的作者刘勰的原籍所在地。在莒县浮来山上的定林寺中，有一棵树龄据说有3 000多年的大银杏树，高27米多，围粗15米多，形若山丘，冠似华盖，有“天下银杏第一树”的美名。因此，人们都说：到莒县不看“银杏王”，如同读唐诗不读李杜。这些美丽的自然景观和深厚的人文底蕴，使我产生了创作的冲动。经过一番推敲，我撰了如下一联：

黑陶绿茶银杏树

碧海蓝天金沙滩

且不说上下联的前四个字中有“黑”“绿”“碧”“蓝”四种颜色相映成趣，我最兴奋的还是用“金沙滩”对“银杏树”，三字平仄相反，“金”“银”对应成趣，简直堪称绝对。后来日照市领导让我用毛笔书写了一下，发表在《日照日报》上，遂成了宣传日照的广告词。

三

2012年11月8日上午，北大书法艺术研究所在北大图书馆举办“王岳川教授与访问学者书法展”，弘扬“文化书法”，倡导“回归经典，走进魏晋，守正创新，正大气象”的书法精神。岳川是我的好友，他让我出席开幕式，我当然得去捧捧场。其实他们预先没有安排我讲话，我到会场时会议还没有开始，主持人见我来了，就一定要我在开幕式上说两句。我一看推托不了，马上就要开幕了，便灵机一动，从岳川的名字上急急开动脑筋，还真索得急就篇，撰写了一副对联：

岳出云天为砥柱
川入大海成汪洋

岳川这些年来由西方文艺理论、文艺美学研究到当代文化批评和文化战略，成果卓著，声誉日隆。他为“文化强国”呐喊：中国崛起，“文化声音”必须响起来！他的书法艺术也精进不止，几日不见，刮目相看。我希望他在世界文化的云海里，为我们中国文化昂然竖起一峰；希望他的书法艺术能融众家之长，成一家之大，汪洋恣肆，蔚为壮观。

我临时找了一张白纸，抄上刚刚撰写的这副对联，发言时一展示，果然博得了一阵热烈的掌声。

四

我们北大校园景色优美，举世闻名。在燕园自然景观中，最有代表性的是博雅塔和未名湖，我曾经写过一首《未名湖博雅塔之歌》，把未名湖比作是一方海砚，把博雅塔比作是一支巨毫；巨毫饱蘸着海砚中的浓墨，书写着中华民族日新月异的灿烂篇章。

大约 2006 年秋天，与时任学校人事部部长的岳明兄聊天时，他让我给未名湖和博雅塔撰一副对联。我遵嘱撰的对联是：

托天柱地博雅塔

蕴玉含珠未名湖

博雅塔上托云天，下立大地，象征着北大精神应该成为民族的脊梁，顶天立地；未名湖是思想的海，智慧的海，精神的海，倒映在湖水中的白天的太阳、夜晚的月亮，犹如孕育其中的珠玉精魄；有了这日精月魄，未名湖就有了灵性，有了生命，有了永不衰竭的魅力。

五

2006年春天，我们北大王选院士因病不幸去世。我一直认为王选院士和他率领的科研团队，为我们中华民族乃至世界文明事业作出了巨大的贡献。他的去世，应该国葬!

我们都知道，人类从蒙昧走向文明，走向农业文明、工业文明、信息文明的总的趋势，是不可逆转的。我们都知道，汉字是我们中华民族最伟大的遗产。在全球一体化、现代化的信息社会中，如果我们的汉字输入不了电脑，我们中华民族将面临巨大的困难和尴尬。据说西方20世纪六七十年代曾经有人扬言：当全球电脑计算机普及之日，就是汉字灭亡之时。因此，王选院士主持研制的激光照排汉字的成功，具有划时代的伟大意义。

在八宝山举行了王选院士的遗体告别仪式，我也去参加了，还送了一副挽联。这副挽联不是我自己撰写的，而是集他人现成的诗句成联。上联是集杭州西湖畔的岳庙对联的上联："青山有幸埋忠骨"；下联也不是我撰的，而是借用杭州国学大师马一浮先生的成句。马先生年轻时，妻亡，不再娶。有人劝他续弦，说否则你就没有子嗣儿孙了；而他却认为思想的传承比宗族的传承更重要，遂慨然答道："他日青山埋骨处，白云无尽是儿孙。"王选院士没有孩子，所以我以"白云无尽是儿孙"为下联。集两句在一起的挽联曰：

青山有幸埋忠骨
白云无尽是儿孙

青山有幸，掩埋了我华夏民族功臣王选院士的忠骨；那朝夕飘绕在他坟头的无尽的白云，不正是他的儿孙在早晚守候陪伴着他吗？！作为对联，末两字对得欠工整；但"白云"对"青山"、"无尽"对"有幸"，已经很工稳、很难得了。后来，我将这副挽联敬奉给王选先生纪念馆。

六

2012年8月，欧洲华侨联合会在西班牙首都马德里召开年会。华联会张秘书长特地安排我在大会上给华侨作一个演讲，时间只有短短的一个小时。于是我就从我国古代优秀诗歌中确定“怀念家乡、热爱祖国”这一角度，选择若干首诗歌进行赏析。我给我演讲稿起了一个题目，就是一副对联。即：

土乃华夏热

月是故乡明

下联是唐代诗圣杜甫《月夜忆舍弟》中名句：“露从今夜白，月是故乡明。”其实，普天之下的人们对着的是同一轮明月，但在热爱故乡的诗人的意念和感觉中，只有故乡的那一轮明月，才是最最明亮的、最最深情难忘的——这就是移情于物！我撰的上联，也道出了我们炎黄子孙的心声：踏遍天涯海角，脚下的土啊，还是我华夏大地上的黄土最热！后意犹未尽，我又续写了两句，成了一首五言绝句。曰：

土乃华夏热，月是故乡明。

万里人生路，一颗中国心。

七

在讲授曹操咏海名篇《观沧海》其中名句“日月之行，若出其中；星汉灿烂，若出其里”时，我希望同学们能拓阔自己的胸襟，能像包孕宇宙、吞吐日月的大海一样壮阔；提升自己的修行，能像高山仰止、景行行止的先圣一样高尚！经过反复推敲，撰得一副对联，受到了广泛赞同和称颂。对联曰：

大气方能成大器

有德不必求有得

八

2010年6月10日，我为全国市地残联理事长专题培训班讲课，应全体学员之要求，我为他们撰写了一副对联：

以健全品格创新残联事业

用赤诚爱心点亮完美人生

生活中的残疾人，他们身体不健全，工作受影响，人生多磨难。一个社会对残疾人事业的关心和支持的程度，标志着一个社会的文明程度。我们每一个健全的人，都应该为残疾人事业奉献上一份真情，一份爱心，一份力量。

九

2007年4月27日，瞻仰了乐山大佛回成都的路上，我仍然沉浸在“山是一尊佛，佛是一座山”的震撼之中，灵感忽来，撰得一联曰：

喜地喜天喜出望外

乐山乐水乐在其中

意思尚可，只可惜关键的“喜”“乐”两字平仄未能相反，甚憾。敝帚自珍，姑且录出，附于文末，聊供良友诸君，茶余一喜一乐，会心一笑。

诗词选录

诗（10首）

一、《读陈贻焮先生大作〈杜甫评传〉》

诗圣高山仰，评传焕其光。
知人并论世，传中析华章。
旧说汇笔底，新解溢卷间。
行文如流水，驱意若云扬。
伏案情未已，凭几多慨慷。
春秋有代序，昼夜无余闲。
五年百万字，辛苦不寻常。

附记：陈贻焮先生是我的师长，以研究唐诗著称；所居北大镜春园82号寓所与我住的全斋125室毗邻。陈先生寒来暑往，笔耕不辍，历时五载，于去年花甲之年完成了大作《杜甫评传》，逾百万字。皇皇巨著，嘉惠学林，功莫大焉！匆成一诗，以表景仰之情。

1985年1月30日改就于未名湖畔全斋125室

二、《七律·参观台湾故宫》

忙里偷闲访故宫，故宫坐落青山中。
眼前如梦唐宋画，耳边似闻商周钟。
惟妙惟肖金翡翠，尽善尽美玉玲珑。
国宝亦是人类宝，全球珍藏大心胸。

附记：2005年12月17日，余随北京大学赴台代表团参观台湾故宫，匆成七律，以表心志。

三、《七律·暮访枣园》

暮色苍茫访枣园，缅怀领袖窑洞前。
奋笔雄文惊四海，挥手之间笑九天。

敢为华夏书正史，勇解生民于倒悬。

依依惜别一回首，万家灯火延河边。

2006 年 3 月 19 日于延安干部管理学院

四、《读杜牧〈山行〉诗反其意口占一绝》

万口传诵杜牧诗，寒山石径行迟迟。

纵然霜叶无限好，到底已近飘零时。

附记：晚唐诗人杜牧有咏秋名篇《山行》。诗曰：“远上寒山石径斜，白云生处有人家。停车坐爱枫林晚，霜叶红于二月花。”七绝的结句将秋天火红的霜叶想象成比春天的红花更美艳，一般都理解为其情感基调是热烈的、振奋的、积极的、昂扬的；这是无可厚非的。但如果我们联系杜牧所生活的晚唐时代已经是“无可奈何花落去”了，再联系诗人自己的人生落魄境况是“十年一觉扬州梦，赢得青楼薄幸名”，再来细细品味，总使人隐隐地感觉到弥漫在诗的字里行间的，依旧是晚唐诗人李商隐的“夕阳无限好，只是近黄昏”的惆怅、惋惜和无奈。因为只有葱绿的翠叶，才充满勃勃生机；而经秋霜摧损的枫叶越是火红、越意味着生命快要完结。因此，笔者反其意而口占了以上这首七绝，敬请方家哂正。

2007 年秋风里于香山

五、《放歌伊犁河套》

雪压天山耸奇峰，伊犁河套郁葱茏。
空中草原抬望眼，大美无尽壮心胸。

2010 年 6 月 14 日于新疆伊犁河套那拉提空中草原

六、《参观黄河入海口有感》

黄河入海我同行，新田万亩草连云。
从此不怨水土失，失之西域补东营。

附记：应邀给山东东营市领导讲座，他们很高兴。结束后市领导热情陪同我游览黄河入海口，向我介绍说：我们东营市每年会增出土地一万多亩，皆由黄河水夹带下来的泥沙淤积而成。余闻之喜不自禁，口占一绝以致贺。

2011年8月12日于东营

七、《七绝·步骆氏韵反其意奉和》

不疑春色遍天涯，姹紫嫣红满京华。
书生难免花枝笑，如此春色却在家。

附记：清女子骆绮兰有诗《三月四日，过云根山馆时，畹乡夫人归宁，千叶桃盛开，题壁一绝》曰："寂寂园林日未斜，一庭红影上窗纱。主人难免花枝笑，如此春色不在家。"余见明媚春光里北大图书馆座无虚席，燕园学子勤奋读书，遂感而步骆氏韵反其意而奉和一绝。

八、《惜别二首》

其一曰：

人生路曼曼，惜别语迟迟。

留得友情在，自有相会时。

附记：诗意比较直白，到口即消。人生的道路迢迢曼曼，惜别之时依依不舍。只要真诚的友情长在，未来自有再会之时。

其二曰：

朋来三杯满，友去一城空。
水光潋滟里，山色有无中。

附记：此诗意谓朋友来了，斟满美酒，“一杯一杯复一杯”，三杯美酒，无限深情。朋友一去，顿时觉得满城空荡荡起来，满心也空荡荡起来，无限怅惘。“水光潋滟里”，取苏轼《饮湖上初晴后雨》中“水光潋滟晴方好”句中前四个字，是形容朋友离别后如果走水路去江南水乡的话，那么一定是波光粼粼，碧水荡漾，景色美好。“山色有无中”，是借用王维《汉江临泛》中名句：“江流天地外，山色有无中。”是说朋友如果离别后行进在连绵起伏群山里的话，那么青山重重，山岚缭绕，若隐若现，景色也一定很美好。以美好的景，来暗示和祝福朋友前程美好，前程有望不尽的春光灿烂。

九、《与诸友欢饮有感》

无情岁月苦匆匆，有缘人生喜相逢。
相逢意气为君饮，开怀一笑杯自空。

附记：首句“无情岁月苦匆匆”，谓岁月无情，匆匆忙忙，很快一会儿三十，一会儿四十、五十、六十，倏忽而已。第二句“有缘人生喜相逢”，谓人生有缘分才能高兴地相聚到一起。第三句用王维《少年行》中成句“相逢意气为君饮”，相逢时讲意气为你干杯。最后结句“开怀一笑杯自空”，开怀一笑，一饮而尽，酒杯自然就空了。

词（14首）

一、《思佳客》

序曰：今年乃秦观编管横州890周年，上海社科院徐培均先生填《思佳客》词一首，因步其韵奉和。词曰：

对客挥毫天下闻，横州有幸纳逐臣。但凡词客多薄命，沦落如君有几人？　　八百九，几多春，褒贬毁誉历风尘。海棠桥下常流水，不尽滔滔吊词魂。

1988 年 10 月 1 日于北大燕园

二、《水调歌头·日大文理学部欢迎宴会后感赋》

故国度旧岁，扶桑沐春风。日大胜流荟萃，人生喜相逢。新宿殷殷设宴，主客频频举杯，情比酒更浓。百言难达意，一笑灵犀通。　　他山玉，众家珍，价无穷。学海乘舟，直挂云帆乘长风。君子之交如水，学子之怀若谷，度我金针功。来年归去日，大海作酒盅。

附记：1991 年 2 月，我作为访问学者赴日本大学文理学部访学研修一年。文理学部在新宿“蟹道”设欢迎宴，主客尽欢。因我日语不行，语言交流有困难，但双方情愫相通，十分高兴！余事后感其热忱，填得《水调歌头》一词以铭记其盛情。

三、《八声甘州·放怀香港宝马山》

观景台放眼极目望，壮哉我香港。喜两岸群楼，栉次鳞比，争高直上。是处巨轮游弋，推开万顷浪。更有“大鹏鸟”，起落霄壤。　　夜驻太平山顶，疑银河繁星，一片辉煌。诚东方明珠，赞歌放声唱。岁如流，百年非短；俱往矣，弹指一挥间。谁知我，思绪万千，心潮激荡。

附记：1994夏，余讲学香港树仁学院。树仁学院位于香港宝马山上，俯瞰维多利亚海湾，万千景象，历历在目，感而填词一阕，调寄《八声甘州》。

四、《鹤冲天·题〈中华当代咏鹤诗词选〉》

瑞禽吉祥，鸣于九皋上。羽衣白如雪，迎风扬。丹顶红一点，颈胫自修长。潇洒放眼望，人间何处，寻得最好故乡。　　黄海之滨，蒹葭万顷茫茫。富饶安乐地，粮满仓。民众齐奋发，挥巨笔，谱新章。群鹤声高昂。翩然起舞，喜看今日射阳。

附记：1995年5月，余家乡滨海毗邻的射阳县徐汉山先生牵头主编了一本《中华当代咏鹤诗词选》，热情邀请我题辞以壮声色。余遵命忝填一词，不胜惶恐。该书由同济大学出版社于1997年12月出版。

五、《江城子·喜香港回归》

百年岁月历沧桑。风狂狂，雨茫茫。风雨如晦，沉沉夜未央。深情呼唤两依依，心相知，长相望。　　一朝回归返故乡。喜洋洋，气昂昂。祖国母亲，早把双臂张。东方明珠拂尘埃，为华夏，放金光。

附记：东方明珠香港，回归祖国怀抱，此乃举国欢腾、举世瞩目的大喜事。适值吾讲学扶桑，远离祖国；然赤子之心，放之四海而皆热也。喜填《江城子》一阕，以抒丹忱。

1997年6月26日于日本神户大学

六、《卜算子·忆莱阳香雪海》

胶东如有待，一别十二载。每忆烟大干部班，依旧情不改。　　记得养马岛，记得仙蓬莱。年年岁岁梨花开，难忘香雪海。

附记：此乃为我1986年秋到1987年春在烟台大学讲课的干部班中盖艾玲同学的散文集《荻叶枫华》所作序文的结尾处所填词。

1998年2月28日于北大蔚秀园22楼112室灯下

七、《满江红·赴井冈山参观学习有感》

巍巍井冈，八百里、历历群峰。放眼望、苍松翠竹，一片葱茏。领袖旧居涌心潮，红军小路步匆匆。最难忘、工农闹革命，气如虹。　　心仪久，罗霄峰；访胜地，觅旧踪。怀理想信念，重振雄风。挹翠湖连未名湖，井冈北大心相通。君记取、年年春风里，杜鹃红。

附记：北大赴井冈山学习考察团一行三十余人，在革命的摇篮中度过了难忘的三天，感慨万千，难以言表，特填小词以志之。

2000 年 8 月 19 日

八、《临江仙·游览张家界》

名满天下张家界，罗列多少奇峰。金鞭溪水流淙淙。置身黄石寨，一片雾蒙蒙。　　小憩观赏风俗园，土家妹子情浓。《萌芽》创意新概念，欢聚南北客，十八棵青松。

附记：2001 年 9 月 20 日到 23 日，上海《萌芽》杂志社“新概念作文大赛工作会议”在张家界举行，与会者共十八人。会后游览张家界名胜，吟得词一首，录以存念。

九、《江城子·怀念张学书老校长》

燕园松柏多栋梁。实难忘，老校长。年方十六，投身共产党。抗日救国搞土改，晋察冀，美名扬。　　任职北大历风霜。心慈祥，胸坦荡。鞠躬尽瘁，人生大文章。留得湖光塔影在，祭英灵，举大觞。

附记：春秋一易，张学书老校长离开我们已经一年了，但我们一直十分怀念他老人家！我曾经在课堂上对同学们说过这样一句话：如果一个人活着的时候能够让人刻骨铭心地思念，那么他的生命便有了双倍的价值；如果一个人去世以后还能够让人刻骨铭心地怀念，那么他的生命便在活着的人心中延续！在追思老校长逝世一周年之际，内心百感云集，匆填《江城子》一词，句读韵脚不误，而平仄未能尽谐。诗词乃为心声，当以表情达意为上；未协律处，望老校长九泉之下海涵。

张学书老校长没有离去，他的生命在我们活着的人心中延续！

2003 年 7 月 10 日

十、《临江仙·放歌宝塔山》（二首）

序曰：我等赴延安考察学习一行 46 人，今天参观宝塔山。伫立峰顶，远眺清凉山、凤凰山，俯瞰延河、南川河，三山并峙，两河合流，好一派延安风光！参观延安革命纪念馆，我们的心灵被毛泽东等领袖的气派和共产党人的革命襟怀所震撼！转战陕北十三个春秋，1948年3月23日，毛主席率中共中央东渡黄河，前往西柏坡，踏上了解放全中国胜利征程。在黄河东岸，毛主席望着陕北千山万壑，深情地说：陕北是个好地方！陕北人民真金子！这一切都令我心潮激荡，久久难平，填词二阕，以抒丹忱！调寄《临江仙》。

其一曰：

巍巍宝塔入云中，三山并峙峥嵘。延河东流去匆匆。弯弯盘山道，挺挺延安松。　“陕北人民真金子”，小米哺育英雄。延安精神气如虹。山沟出马列，龙起韶山冲。

其二曰：

滚滚风云任从容，百万甲兵在胸。星星之火燎原红。良种撒大地，扎根在工农。　难忘春秋十三载，足迹踏遍群峰。岁月如流送征鸿。留得圣地在，华夏唱大风。

十一、《满江红·放歌母亲河》

黄河之水，天上来、源于滥觞。汇百川、细大不捐，终成浩荡。推开山壑奔东海，一路哺育万顷粮。多少代、兴衰与荣辱，阅沧桑。　　经春秋，历汉唐；越甘宁，穿大荒。千斛涌壶口，山河气壮。中华民族母亲河，生生不息硬脊梁。放声歌、黄河大合唱，慨而慷。

2006 年 3 月 20 日、22 日

附记：此首与上面的《临江仙·放歌宝塔山》二首，原载《北京大学学报（哲学社会科学版）》2006 年第 4 期。

十二、《临江仙·龙泉窑抒怀》

隆冬时节雨濛濛，群山依旧葱茏。琉华山下寻胜踪。窑前想当年，炉火映天红。　　遗址揭秘奇无穷，

民众原是神工。龙泉扬名不在龙。青瓷四海秀，宝剑天下雄。

2007 年元月 19 日于浙江龙泉

十三、《临江仙·题〈珍惜——跬步集续〉》

悠悠人生曼曼路，日积跬步堂堂。经时济世大文章。裹挟洞庭水，腾涌未名浪。　五个珍惜意绵长，激荡亿万心房。修齐治平慨而慷。圆我中国梦，请君举大觞！

附记：北大经济学院前院长孙祁祥教授学识富赡，才华横溢。2017 年 9 月在北大开学典礼上，代表老师以《珍惜》为题致辞。在典礼还在进行、致辞尚未结束时，便因适时直播而开始在网络上迅速传开，反响热烈，被网友推赞为“百看不厌的佳作！”她的第二本散文集《珍惜——跬步集续》编成后，请我作序，我欣然从之。序成后，意犹未尽，填了以上这首《临江仙》。孙祁祥老师是湖南人，壮美辽阔的洞庭湖，拓展了她的心胸与气度；那宛如碧玉盘中一青螺的君山，滋养了她的神韵与灵性，故称“裹挟洞庭水”。来到燕园未名湖畔大显身手、一展风采。她的专业是经济学，经济学的终极目的无疑是经时济世，有益于黎民苍生。而《珍惜》激动了亿万人的心，对于人们修身养性、提升道德品位，乃精良的精神食粮。我们炎黄子孙共同的美好愿景，就是不忘初心、实现中华民族伟大复兴的中国梦。小词虽浅俗，然聊表寸心。

2021 年 1 月 22 日于燕园大雅堂

新诗（2 首）

一、《怀念北大》

庚午岁末，余辞别燕园，东渡扶桑，访学研修于日本大学。首赴异域，喜忧参半；“梁园”虽好，不如燕园令我梦绕魂牵！晨昏朝夕，余常用日语哼日本歌曲《北国之春》，借他人之酒杯，浇自己之块垒。忽一日，无意中将原歌辞中的章之末句“故乡啊故乡，我的故乡，何时能回你怀中！”哼成“北大啊北大，我的北大，何时能回你怀中！”于是，情如涌泉，不可自禁，遂展纸奋笔，依原歌曲音节旋律，填得《怀念北大》三章。辞难称美，情由衷出，借以聊表寄身他乡的游子对母校北大的一往深情缕缕不绝云云。

巍巍塔影，悠悠晨钟，轻轻南来风。
杨柳已吐绿，
满园榆叶梅花红。
啊，北大的春天已来临！
在校熟视无睹北大美，
只缘身在此山中；
漂洋过海学子之怀，
无日不做北大梦。
北大啊北大，我的北大，
何时能回你怀中！

校园静静，步履匆匆，教学两用功。
课上沐雨露，
课下师生情意浓。
啊，北大的春天已来临！
一流学者一流学生，
除却巫山不是峰；

弘扬优秀文化民族精神，
为我华夏唱大风。
北大啊北大，我的北大，
何时能回你怀中！

曲径幽幽，月色溶溶，丁香一丛丛。
多少窗前灯，
长明燕园春夏秋冬。
啊，北大的春天已来临。
无私奉献呕心沥血，
甘作春泥乐无穷。
青山不老绿水长流，
祝福师生多保重。
北大啊北大，我的北大，
何时能回你怀中！

辛未年（1991）春于东京世田谷区赤堤寓所206室

二、《未名湖博雅塔之歌》

未名湖碧波荡漾，
博雅塔气宇轩昂！
未名湖像一方海砚，
那一泓湖水就像是浓墨飘香；
博雅塔似一支巨毫，
不舍昼夜地伴随在海砚身旁。
未名湖里徘徊着天光云影，
博雅塔顶沐浴着春风朝阳！
倒映在未名湖里的博雅塔，
就像是巨毫饱蘸着浓墨，
把最新最美的文字
　　写到寥廓纯净的蓝天上，
把最新最美的图画
　　画到流动飘飞的彩云间！
这——就是咱北大人的手笔，
这——就是咱北大人的文章！

2002年春于北大燕园

后记

《缀玉集》，是我近十年来陆陆续续写的一些短文的集合。

关于写作这些短文的缘起，那还得从十年前说起。我从 1998 年 2 月起，受命担任北京大学社会科学部部长。2004 年夏，学校又决定由我兼任《北京大学学报（哲学社会科学版）》主编，主持学报编辑部工作。任主编不久，我首先在学报的形式设计上作了一些调整。请人重新设计封面，图标为象征北大的西门一角；刊名也改用蔡元培老校长的书法集字，其潜意识就在于想承续北大传统和老校长精神。这个封面给人以焕然一新的感觉。

《北京大学学报》是双月刊，每期 10 个印张 160 页。原先的排版，最后的第 160 页刚好与封三对开，是单独的一页，一般编发一些消息或千字以内的札记之类的文字，用来补白。2005 年第 1 期封面改变的同时，在这最后的一页，我决定重新刊发蔡元培先生的《〈北京大学月刊〉发刊词》。这是老校长写于 1918 年的文字，其中提出了大学研究精神和出版月刊的要旨，至今也没有过时。《北京大学月刊》正是《北京大学学报》的前身。在这里重新发表发刊词、重温老校长所申述的办刊宗旨，实际上也传达了我们的办刊理念。希望能够接续老校长的主张，把《北京大学学报》做成真正有学术研究价值、发扬北大精神的学术刊物。

人们拿到学报之类的刊物，如果从前往后翻，自然首先是扉页、版权页；但如果从后往前翻，那么最先映入眼帘的就是这最后一页——最后的这个只能容纳 1 500 字到 2 000 字的补白页，引起了我的关注。经过深思熟虑，我决定把这一页变成传播北大精神层面思想的一个独特的小园地。

我的这个想法，得到了学报编辑同仁们的一致认可。从第 2 期起，我便率先写了一篇小文《树立精品意识》，内容是借助于学校召开的树立北大文科精品意识大会，增其外延，谈到办学报也应该秉持这种精品意识。接下来的两期，又分别写了《提倡良性竞争》和《确立平等观念》两篇小文，都是从实际出发，力求带有现实气息和针对性。这连续三篇小文发表后，引起了学报界同仁和读者们的关注。自此之后，如非特殊情况付阙，我坚持在这一页里写一些自己的学习心得或人生感悟，希望能多多少少给人们一点思考和启迪。同时，我也鼓励大家都来写。不久便在学报界的同仁中引起了反响，大都是善意的、称许的；甚至说是拿到《北京大学学报》后，往往颇有兴趣地先从后面翻看这篇短文，认为能给自己提神启悟；还有的说自己“每期必看”。但也有朋友十分友善地担心我能不能坚持下去。从2005年春至今已经九年多了，我一直坚持了下来。除其中有三四篇是其他人撰写的外，基本上全是我撰写的。这次集辑时，从头到尾又梳理了一遍，大体上保持原貌，只是个别字句小有改动。

我们知道，长文章不好写，须在谋篇布局、波澜起伏、蕴含丰富等方面下功夫；但短文章也不好写，须在选择角度、集中提炼、深入开掘等方面下功夫。长而言之无物的文章，固然不好；短而言之无物的文章，也同样不好。短，得是浓缩了的精华，短而令人回味，如嚼甘蔗，味之愈长；而不是索然寡味，味同嚼蜡。

中国当代作家中，汪曾祺被公认是写短文的高手。《汪曾祺全集》中有一篇短文《说短》，作者语重心长地说道：“短，是出于对读者的尊重，也是对自己的尊重。”“鲁迅的教导是非常有益的：竭力将可有可无的字句删去。”“我牺牲了一些字，赢得的是文体的峻洁。短，才有风格。现代小说的风格，几乎就等于：短。”“短，也是为了自己。”他认为，要力求“以己少少许，胜人多多许”。他曾经对人下断论似地说："你别看他们写得长，稿费现在多拿一点。但最终是不讨巧的。"意思是说写得长、写得粗糙，最终是留不下来的。余深服其所吐之言，亦深服其所言之理。

二十一世纪出版社张秋林社长，正值壮岁，雄心勃勃；胸藏良谋，腹有诗书；襟怀开阔，目光如炬。他所率领的出版团队，裹挟井冈风云，搅动赣江波涛，在中国出版界独树一帜，引领风骚。他读了我的几篇小文后，很兴奋，果断决定出版拙著。其眼光、其魄力、其手笔，令人感佩！特别让我感动的是，他繁务如猬，日理万机，但还是抽出宝贵时间，为我的这本小书作序，称许这些小文章中有大情怀。其序犹如凤冠，精美异常，辉映全书。此举此序，乃其大才情之洋溢，真性情之展示，深友情之流露——人生得友如此，诚无憾矣！

责任编辑邱嫔麟君和装帧设计胡小梅君，先后精心设计，一丝不苟；分类编排，锦上添花；使得小书风格雅致，品位脱俗。感激于心，诚非一个"谢"字所能了得！

笔者俗名郁缀，故灵机一动，小施黠慧，将两字颠倒一下，"郁""玉"同音，便成了"缀玉"——连缀在一起的小玉也。如果说小文能给人以星星点点的启迪，对读者有多多少少的价值，那也只是如同一串小小的碎玉而已。经过一番推敲琢磨，遂决定给小书取名曰《缀玉集》——不是自谦，乃实事求是、坦呈肺腑也！

是为后记。

程郁缀

2013年8月8日于北大静园一院银杏树下

修订版·后记

小书《缀玉集》，承蒙二十一世纪出版社领导垂青、责编尽力，于2014年3月出版问世。发行后颇受广大读者喜爱，据说当年还曾经上过某一时期新书畅销排行榜；2015年12月又第2次印刷。近三年来，笔者又陆陆续续写了一些短文，在《北京大学学报》上补白刊出。于是便有了对《缀玉集》进行适当增删、出版修订版的想法。此想法又得到出版社领导首肯支持。感激于心，难以言表。

第一版共收短文46篇，这次抽下8篇，新增11篇，现在的修订版共收短文49篇。新增的11篇依次是：《新诗改罢自长吟》《文无定法，人无常师》《宽容也是一种美德》《交友以信，一诺千金》《在叶嘉莹先生从教70周年庆祝大会上的致辞》《风光不与四时同——咏夏诗漫谈》《晚来天欲雪，能饮一杯无——咏冬诗漫谈》《愿得此身长报国——边塞诗漫谈》《狗吠深巷中，鸡鸣桑树颠——田园诗漫谈》《爆竹一声除旧，桃符万户更新——咏除夕春节诗漫谈》《送别诗中意象小议》。抽下的8篇依次是：《少年北大之歌》《树立精品意识》《提倡良性竞争》《确立平等观念》《刊庆贺辞（之一）》《刊庆贺辞（之二）》《刊庆贺辞（之三）》《为少儿读物所撰小序（3篇）》。

特此说明，希望读者诸君能继续喜欢增减后的这一串碎玉！

程郁缀

2017年3月26日于北大未名湖畔

改版后记

本书原由二十一世纪出版社集团于2014年3月出版，次年重印；2017年3月出修订版，读者热情不减，前后共印刷了8次。此书虽多为千字短章，然实乃多年来我的治学心得、工作体会、人生思考、处世理念之集萃，“家有敝帚，享之千金”，自己比较看重。2020年与二十一世纪出版社集团出版合同期满，承蒙中国出版集团东方出版中心领导垂青，让我稍作增减，扩大一点篇幅，改版重新出版，我欣然应允。改版后减去2篇（《送别诗中意象小议》《放歌宝塔山》），将《我的短语一束》4篇合并成1篇；其中一些篇目的前后顺序也作了一些调整。特别是重新改写了咏春诗漫谈、咏秋诗漫谈、咏夏诗漫谈、咏冬诗漫谈等四篇，大大扩充了其内容，在长短体制上与其他短篇有明显的不同；好在这四篇分咏春、夏、秋、冬四季，亦自成一体，也可看作是一个特色，或者权作为一种活跃读者阅读兴趣的有益尝试。

此外，将全书43篇文章分为上下两集。上集取白居易《琵琶行》中名句“大珠小珠落玉盘”为集名，共收31篇；

下集取杜甫《江畔独步寻花七绝句》其二中名句“千朵万朵压枝低”为集名，共收12篇。再有，就是新增了“附录”。选录本人撰写的部分对联和创作的部分诗词，附于书末以存念；此亦“敝帚自珍”之意也。

感谢中国出版集团东方出版中心刘佩英副总编辑，以过人的睿智、魄力和独到的眼光，认同和赞成我的小书中所阐发的观点、理念，毅然决定改版再出。感谢东方出版中心冯媛编辑，在本职工作和家庭事务十分繁忙的情况下，很快完成了书稿的改版转录和编辑工作，使本书得以顺利出版。此外，对东方出版中心编辑部为本书的出版贡献智慧和力量的全体编辑朋友，一并表示衷心感谢！

2021年（辛丑）冬于北京大学大雅堂